Érica

Larissa Barros Leal

Érica

TALENTOS DA LITERATURA BRASILEIRA

novo século®

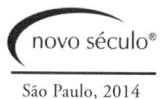

São Paulo, 2014

Copyright © 2014 by Larissa Barros Leal

COORDENAÇÃO EDITORIAL Nair Ferraz
DIAGRAMAÇÃO Edivane Andrade de Matos/Efanet Design
CAPA Monalisa Morato
REVISÃO Thais Coutinho
Rita Costa

TEXTO DE ACORDO COM AS NORMAS DO NOVO ACORDO ORTOGRÁFICO
DA LÍNGUA PORTUGUESA (DECRETO LEGISLATIVO Nº 54, DE 1995)

DADOS INTERNACIONAIS DE CATALOGAÇÃO NA PUBLICAÇÃO (CIP)
(Câmara Brasileira do Livro, SP, Brasil)

Leal, Larissa Barros
Érica / Larissa Barros Leal – Barueri, SP : Novo Século Editora, 2014. – (Talentos da Literatura Brasileira)

1. Ficção brasileira I. Título. II. Série.

14-03115   CDD-869.93

Índices para catálogo sistemático:
1. Ficção : Literatura brasileira 869.93

2014
IMPRESSO NO BRASIL
PRINTED IN BRAZIL
DIREITOS CEDIDOS PARA ESTA EDIÇÃO
À NOVO SÉCULO EDITORA LTDA.
CEA – Centro Empresarial Araguaia II
Alameda Araguaia, 2190 – 11º andar
Bloco A – Conjunto 1111
CEP 06455-000 – Alphaville Industrial – SP
Tel. (11) 3699-7107 – Fax (11) 3699-7323
www.novoseculo.com.br

*Aos meus pais, que sempre me apoiaram
e me deram o mais perfeito exemplo
de dedicação e simplicidade.
Sem eles, eu nada seria.*

Prólogo

Egito, 1400 a.C.

O filho magro e franzino brincava com a areia do deserto. O sol se punha; mais um dia de trabalho forçado terminava. Àquela hora, a mãe costumava chamá-lo para entrar em casa, por medo dos egípcios que lhe pudessem fazer mal. No fim daquela tarde, porém, preferiu deixá-lo lá. Não queria que visse o parto da tia, que acontecia naquele momento.

A parteira, uma egípcia bondosa, ajudou a família a fazer o parto. Ao ver que era uma criança do sexo masculino, pediu que não contassem a ninguém sobre sua presença.

– Se descobrirem que deixei um garoto hebreu viver, o faraó me punirá.

Após limpar o chão da casa e colocar a irmã e o novo sobrinho para dormir, a mãe chamou o filho, mas este não respondeu. Gritou mais alto. Nada. Tentou sair da casa, mas o marido a segurou.

– Não adianta procurá-lo, mulher. Ele talvez tenha se aventurado mais longe ou os egípcios o capturaram. Saberemos amanhã.

O sono do casal não foi tranquilo. Foram acordados por egípcios, que arrombaram sua casa, os agrediram fortemente e levaram o recém-nascido, mas não sem antes anunciar:

— A partir de hoje, todos os meninos menores de sete anos serão jogados no rio para a morte! Só as meninas escaparão!

Em seguida, mandaram que os adultos fossem trabalhar, chamando-os de preguiçosos e lentos. O casal foi colher trigo. Chorava o tempo todo. O marido conseguiu conter as lágrimas ao fim do segundo dia; a mulher não teve igual autocontrole. Morreu após uma semana em decorrência dos ferimentos causados pelo trabalho árduo.

⌘ ♦ ⌘

Judá, 598 a.C.

O jovem de vinte anos fitou o cadáver da mãe, que tinha o pescoço e o braço direito quebrados. Depois de um tempo, saiu correndo, mas foi capturado antes que conseguisse entrar em Israel e levado à Babilônia.

Foi jogado numa casa de barro, junto com outros sobreviventes. Dormiu em chão de terra batida. Teve pesadelos com sua mãe a noite inteira.

No outro dia, começou o trabalho forçado. Passou a manhã e a tarde fazendo tijolos, com um babilônico a vigá-lo. A cada erro, levava uma chicotada. Suas únicas pausas eram para beber um pouco de água. Foi-lhe permitido comer ao anoitecer, e a refeição foi uma sopa de legumes e pão.

Viu seu povo morrer aos poucos, de fome, cansaço e castigos corporais. Quatro anos depois, morreria acometido de uma intensa diarreia.

⌘ ♦ ⌘

Treblinka, 1944

O trem parou abruptamente. Ariel foi atirada ao chão com o impacto. Talvez tivessem parado para oferecer comida. Fazia três dias que não comia nada e seu estômago roncava a todo instante.

O homem da SS ordenou que todos saíssem do trem e formassem filas; mulheres de um lado, homens de outro.

As mulheres foram encaminhadas para um corredor. Lá, foram obrigadas a tirar a roupa e a aguentar tapas nas nádegas e beliscões nos seios. Uma a uma as empurravam para uma sala, onde eram recebidas com gritos que Ariel, do fim da fila, não conseguia ouvir claramente. Quando chegou sua vez, o guarda advertiu:

– Senta lá! Rápido!

Entrando na sala aos tropeços, viu um homem com uma tesoura na mão; um kapo judeu. Dirigiu-se às pressas para a cadeirinha.

– Você conhece alguma Evelyn Stern? – perguntou. Era sua irmã. Tinha ido embora de Gross-Rosen na semana anterior.

– Sem conversa, *vagabunda*! – vociferou o guarda que vigiava o judeu. Este balançou a cabeça quando Ariel se levantou para ir a outro corredor.

Entrou numa grande câmara. Várias mulheres já estavam lá, espremidas umas contra as outras, informadas que iriam tomar banho. As dez que estavam atrás dela entraram pouco depois, e a porta foi fechada. Ariel começou a sentir falta de ar. Prendeu a respiração. A seu redor, judias desmaiavam. Logo soltou o ar que segurava e deixou que o cianeto a sufocasse. A pequena Evelyn deveria ter morrido do mesmo modo.

O kapo que cortou os cabelos de Ariel recolheu seu corpo e o cremou; porém ele não a reconheceu. Via tantos rostos que não se lembrava de nenhum.

⌘ ♦ ⌘

Jerusalém, 1948

Evelyn Stern estava escondida no porão de sua casa. Tinha se mudado da Polônia para o país recém-criado. A cidade vinha sendo atacada por árabes contrários a Israel, e ela estava no porão havia uma semana. Saía de vez em quando para comprar alimentos e água, mas ao menor sinal de ataque voltava ao porão.

Foi para isso que sobrevivemos a Hitler? Para morrermos nas mãos de muçulmanos loucos? Quando teremos paz? Essas questões atormentavam o sono de Evelyn e de muitos outros judeus. Quando a paz alcançaria esse povo tão sofrido?

Parte 1

Um

Frankfurt, Alemanha
1º de fevereiro de 2014

Arnold se ergueu e se aproximou da janela. Na verdade, a "janela" era a parede de vidro que separava o prédio do restante do mundo. Tirou os óculos e usou a luz do sol para enxergar melhor o que estava atrapalhando sua visão.

– Ah! – disse a si mesmo. – É um cílio.

Limpou a lente e voltou ao trabalho. Remeteria aqueles documentos ao chanceler antes do crepúsculo.

Perto das cinco da tarde, estava tudo pronto e enviado. Arnold se recostou na cadeira, suspirando de alívio. Naquele instante, o problema que o vinha atormentando havia meses resolveu revisitar sua mente.

A hora estava se avizinhando. Arnold e todos os outros agiriam antes que fosse tarde demais.

Agir era fácil. O difícil era *como*. Por mais reuniões que tivessem sido efetuadas ao longo dos últimos meses, ninguém encontrava uma resposta.

Ou pelo menos era o que pensavam. Arnold vinha trabalhando em um projeto. Se prosperasse, eles teriam uma arma poderosa nas mãos. Venceriam, sem dúvida.

É, pode dar certo. Por que não?

Para isso, ligou para o chanceler e agendou uma reunião para tomar um *cafezinho* na manhã subsequente. Não comentou na hora o real motivo de sua visita. Queria fazer uma surpresa.

O dia seguinte prometia.

⌘ ♦ ⌘

Fortaleza, Ceará, Brasil

Não existia lugar mais apropriado para relaxar do que o quintal da casa. Érica sabia disso, por isso estava ali. Após um dia agitado, era fantástico sentar-se na grama e ver o pôr do sol.

Ainda havia os preparativos para sua festa de quinze anos; era uma corrida contra o tempo. Naquele dia, ela e a mãe tinham decidido com que vestido Érica dançaria a valsa com seu pai. Na quarta-feira, iria decidir como seria o bolo. Às sextas, ensaiava a coreografia de *Flashdance*, que dançaria depois da valsa.

Ela ficou de costas para o céu. Não era fácil conciliar os preparativos com a escola. Ensino Médio é fogo. Imagine uma turma avançada...

Quando a noite chegou, Érica entrou em casa. Antes de cair no chuveiro, olhou-se no espelho. Os cabelos loiros-claros pareciam mais claros naquele dia, e os olhos azuis pareciam mais brancos do que azuis. A pele assemelhava-se à da Branca de Neve, e os lábios lhe tinham dado o apelido de Angelina Jolie. As curvas, bem definidas, estavam acentuadas pela blusa colada.

Érica sabia que qualquer garota adoraria ter um corpo como o dela. Por isso fazia o possível para conservá-lo.

⌘ ♦ ⌘

O som das ondas produzia um efeito calmante em Thiago. Apesar do congestionamento da hora do *rush*, sentia-se relaxado.

Naquela hora, eram poucas as pessoas sentadas na areia como Thiago. A maioria estava andando pelo calçadão da Beira-Mar. *Mal sabem o que estão perdendo.* Nem as festas do Mucuripe Club ganhavam da calmaria da maré naquela noite.

Thiago não era um garoto festeiro. Gostava de festas, mas preferia sossego. Algo que ele e Érica tinham em comum.

Érica...

Pensar nela fez o coração de Thiago disparar. Há pouco mais de um ano, começou a fazê-lo mais do que o normal. De repente, não queria ser só seu melhor amigo. Queria mais. Nunca lhe disse, contudo, o que realmente sentia.

Bebeu a Coca-Cola que comprara em uma barraca ali perto. Já se adaptara àquele amor platônico. Talvez seja melhor assim, pensava. Não queria estragar a amizade deles, que teve início, segundo suas mães, quando tinham dois anos.

Pousou a lata na areia e apagou os pensamentos acerca de Érica de sua cabeça. Não estava disposto a ter outra discussão mental: devia declarar-se ou não à melhor amiga?

⌘ ♦ ⌘

Frankfurt

Alicia acordou com a luz do sol invadindo o quarto. *Scheiße. Esqueci a cortina aberta de novo.*

Levantou-se. Sabia que não dormiria tão cedo. Tomou um banho rápido, vestiu uma roupa casual e saiu. Sua mãe estava de plantão no hospital e não voltaria antes das sete.

O ar da manhã encheu os pulmões da garota, trazendo-lhe tranquilidade ao caminhar pelas ruas desertas da cidade.

Os prédios e as casas se erguiam serenos, como se dormissem com seus moradores. Vagou sem rumo e sem destino e parou diante do grande símbolo do euro com doze estrelas a seu redor.

O pai de Alicia estava em Berlim àquela hora, conversando com o chanceler Franken. Às vezes era chato ter o vice-presidente do Banco Central Europeu como pai, sobretudo nessas circunstâncias.

Não sabia nada a respeito do trabalho dele. Quando envolvia o governo federal, então... Mas pressentia haver algo errado; muito errado, por sinal.

Seja lá o que for, não tenho nada a ver com isso. Com esse pensamento, continuou sua caminhada até começar a sentir necessidade de parar. Tirou os sapatos e se deitou na grama da praça onde estava. Repassou as palavras que seu pai lhe dissera antes:

– Filha, às vezes a solução dos seus maiores transtornos está em algum lugar fora do universo que você conhece. É nessas horas que se deve superar o medo do desconhecido e correr atrás dos objetivos.

Por que falou aquilo para ela? Será que tinha a ver com o trabalho dele?

O que quer que fosse não lhe interessava.

⌘ ♦ ⌘

O voo a Berlim foi tranquilo. Arnold foi recebido por uma jovem. Esta o conduziu a uma limusine, que o levou ao Schloss Bellevue, onde o chanceler da Alemanha morava. Lá, a secretária (uma mulher de trinta anos que aparentava ter mais de quarenta) interfonou para o gabinete.

– Pode entrar, senhor – anunciou, apontando para a porta que dava para o "quarto", como sua Excelência gostava de chamar.

Arnold agradeceu antes de adentrar o recinto. Tudo estava como na última vez em que estivera ali, meio ano antes: a bandeira alemã pregada na parede esquerda, a da União Europeia na direita e, atrás da mesa, prateleiras e prateleiras de livros sobre diferentes assuntos.

– Bom dia, *Excellence* – disse Arnold ao entrar.

– Arnold, Arnold. Quantas vezes tenho que dizer que *não* me chame assim? Para os amigos, sou apenas Raimman.

Arnold se sentou na cadeira em frente ao presidente.

– Chamei-o de Excellence porque vim falar de assuntos oficiais. É sobre nosso pequeno problema.

– Sobre o que vínhamos discutindo nas reuniões com a União Europeia?

Arnold assentiu e continuou:

– Venho pensando seriamente... Talvez possamos resolvê-lo sem gastar muito.

– Sem gastar muito? Pensou no dinheiro? – perguntou o chanceler.

– Claro. Vice-presidente do Banco Europeu, lembra-se?

O chanceler riu.

– Pois bem, Arnold, fale-me de sua ideia.

⌘ ♦ ⌘

O corpo de Érica estava suado. Ela rapidamente percebeu o motivo. Blecaute. *Ai, meu Deus...*

Logo dormiu de novo. Quando a energia retornou, era meio-dia. Ligou a TV para ter notícias do apagão.

Se a repórter estava surpresa com a notícia, não exteriorizou.

– Ao que parece, o blecaute, que atingiu todos os estados do Nordeste, exceto o Maranhão, foi causado por um atentado na Eletrobrás Chesf. A empresa informou que houve uma pequena explosão, causando a queda de energia...

Érica não ouviu o restante da notícia. *Alguma coisa errada está acontecendo.* Era a segunda vez que o Brasil sofria atentados. A primeira fora dois meses antes, quando um carro-bomba explodiu no meio da Avenida Paulista, matando cerca de cinquenta pessoas. Um grupo israelense mandou um vídeo assumindo a autoria do atentado, mas não foi encontrado. O governo de Israel não pareceu ter-se esforçado para isso.

Desligou a televisão e foi almoçar. *Pelo menos ninguém morreu no atentado de ontem.*

⌘ ♦ ⌘

Raimman demonstrou surpresa.

– Essa é a sua ideia?

– Sim – declarou Arnold, apreensivo. Teria o chanceler não gostado da proposta?

– Excelente! Marcarei uma reunião com Klaus e os demais representantes para amanhã e falarei a respeito dela!

– O senhor não a achou trabalhosa?

– Claro que é trabalhosa. Vamos pedir apoio ao Klaus. Ah, e conto com a sua presença nessa reunião.

– Estarei. Onde será?

– No mesmo local.

Scheiße, disse Arnold a si mesmo. Estava pensando em passear com a família no domingo, mas com a reunião sendo em Atenas... Ligaria para casa mais tarde.

Arnold se despediu de Raimman.

⌘ ♦ ⌘

Moscou, Rússia

As pálpebras de Kátia pesavam, apesar de ainda ser oito e meia da noite. Tentou permanecer acordada, não conseguiu e se retirou da boate.

– Aonde vai? – indagou Ivan. O cheiro de vodca estava insuportável.

– Não te devo satisfação *nenhuma*, Ivan – concluiu a garota, saindo em disparada noite afora.

– Você sabe que me ama! – gritou.

Ivan sempre foi o tipo de cara que se achava demais. A cada dois meses, escolhia uma garota diferente para perseguir. A da vez era Kátia. O garoto achava que, por ela ir a festas, poderia conquistá-la com uma garrafa de vodca.

A entrada da estação do metrô ficava no fim do quarteirão, que, como a maioria dos quarteirões de Moscou, era enorme. Kátia olhava ao redor, de vez em quando, para garantir que nenhum bêbado (destaque para Ivan) estivesse atrás dela. Felizmente, fez todo o trajeto sem incidentes.

A garota desceu as longuíssimas escadas rolantes que davam para o metrô. Transpostos três lances intermináveis, Kátia chegou à linha no exato instante em que a condução estava saindo. Xingou a si mesma por ser tão lenta, mas logo mudou de opinião.

BUM! O trem explodiu assim que entrou no túnel. Kátia correu, assustada. Atrás dela, dezenas de pessoas gritavam. *O que aconteceu?*

Os guardas começaram a orientar para que evacuassem a área. Kátia e os demais obedeceram sem contestar. Quando estava na metade da escada rolante, ouviu um estrondo.

– O túnel de cima explodiu! – bradou alguém.

Outros gritos se seguiram. Kátia tentou subir a escada mais depressa; as pessoas à sua frente estavam desesperadas. Tentou abrir caminho, mas não funcionou.

De repente, um alarido veio de cima, seguido de um estrondo semelhante ao anterior. O túnel do primeiro andar desabara. *O que faço agora?*

Atrás e na frente dela, alguns intentavam sair da escada rolante e descer. Muitos caíram, deslizando pelo corrimão. Os que ficaram na escada subiam o mais rápido possível. Foi o que Kátia fez. *Se em cima está ruim, prefiro não saber como está a situação lá embaixo.*

Finalmente, Kátia aflorou à superfície. Notou que o atentado não se restringiu ao subterrâneo.

A boate onde estivera minutos antes explodiu.

– Kátia! – uma voz familiar a chamou. A garota viu Ivan correndo aos tropeços atrás dela.

– Ivan! – exclamou ela. *Meu Deus, está vivo!* – Está tudo bem?

– O mundo acabou, Kátia! Tudo voando, o fogo subindo, o povo gritando, explosões por todos os lados...

– Calma, Ivan... O mundo não acabou... Vai ficar bem... Venha, vou ligar para minha mãe...

Kátia falava com a mãe. Ivan ficou parado, fitando o local onde antes estava a boate mais badalada de Moscou.

⌘ ♦ ⌘

Atenas, Grécia

— Creio que os senhores estão *interessadíssimos* em saber o motivo dessa reunião tão repentina — disse Raimman, animado.

O chanceler parecia uma criança prestes a ganhar um presente de Natal. Claro que Arnold jamais diria aquilo em voz alta.

— Diga logo, Raimman — insistiu o presidente italiano.

Raimman convidou Arnold a levantar-se e auxiliá-lo em sua explicação. Quando os dois pararam de falar, todos na sala estavam boquiabertos.

— Devo interpretar isso como um sim? — perguntou Franken.

Um a um, os representantes responderam de modo afirmativo. Eram os dados sendo lançados. Arnold rezava para que o resultado lhe fosse favorável.

⌘ ♦ ⌘

Washington, EUA

Natalie, na cama, abraçou o ursinho de pelúcia da amiga Meredith, que se maquiava.

— Onde vão se encontrar? — Natalie quis saber.

— Em frente ao Capitólio.

— Não é longe?

— Não muito. E aí, como estou?

— Está linda, amiga!

— Nao pareço vaidosa?

— Não... E mesmo se parecesse... Não foi assim que a conquistou?

— Sim... Ah, dane-se. Vou assim, e é bom que ela não reclame. — Olhou no relógio. — Vão dar sete horas! Melhor a gente ir!

As duas amigas desceram e entraram no carro da morena. No trajeto em direção à casa de Natalie, dialogaram sobre Ashley e o encontro que Meredith teria com ela.

– O que fará sem mim? – Meredith indagou dramaticamente quando a amiga saiu do carro.

– Você não é a minha única companhia – retrucou Natalie. – Daqui a meia hora Jude vai me pegar pra gente ir ao shopping escolher o que vai dar à mãe de aniversário. Agora, é bom você ir, senão Ashley pode desistir de te esperar e se mandar!

A loira mandou um beijo para a amiga e em segundos não estava mais na rua, agora escura, sem as luzes dos faróis do carro. Natalie entrou em casa, surpresa ao constatar que seus pais não estavam lá.

Fomos a uma festa, dizia o bilhete. *Voltaremos por volta das três da manhã. Faça o que quiser, desde que deixe a casa do jeito que a encontrou. Beijos, nós amamos você.*

A morena subiu. Era mais uma festa entre autoridades americanas. Seu pai, desde os anos 2000, era um alto funcionário da Casa Branca, de imensa confiança dos presidentes. Presença indispensável nas festas que eles davam. Sabia do que se passava dentro dos gabinetes do governo.

Ao entrar no quarto, olhou-se no espelho. *Estou ótima. Só devo retocar a maquiagem.* Depois disso, desceu para a sala de estar.

Natalie estava vendo TV quando ouviu a buzina familiar do carro de Jude. Foi ao carro do amigo e viu que não era Jude quem estava ao volante.

Dois

Natalie tentou gritar, mas o que saía de sua boca amordaçada eram gemidos. Não adiantava espernear; braços e pernas estavam amarrados.

Ela queria sair dali; ou, no mínimo, saber o que estava acontecendo. Quem era aquele careca de bigode que a puxara para dentro do carro e, junto com um negro magricela e um oriental musculoso, a amarrara e a jogara no chão do veículo?

O oriental observou maliciosamente:

– Não se preocupe, gata. Não pretendemos machucá-la.

– Desde que seu pai cumpra nossas ordens – acrescentou o careca. – Se não... Bem, você saberá. Esperamos que não seja necessário.

Natalie desistiu de lutar e olhou para o tapete sobre o qual estava deitada. O que será que aqueles três poderiam querer de seu pai? Dinheiro? Informações? O que seu pai teria a ver com a vida deles?

Ou... Será que trabalhavam para alguém que ambicionava alguma informação que seu pai detinha?

A morena não iria ter as respostas tão cedo. Isto é, *se* chegasse a tê-las.

⌘ ◆ ⌘

Pequim, China

O céu estava tão cinzento que parecia noite. Não dava para ver o sol. Não que isso fosse novidade. Raros eram os dias em que o sol se dignava a mostrar seu esplendor em meio à sujeira do céu. Nas ruas, os carros circulavam tranquilamente. A hora do *rush* havia passado.

Chang acendeu mais um cigarro e o pôs na boca. Quantos cigarros fumara naquele dia? Quatro, cinco? Que diferença fazia?

– Se não quiser parar por seu próprio bem, pense nos outros – disse Ling, em pé a seu lado, na varanda. – A fumaça do cigarro causa danos aos pulmões de quem está por perto.

– Como se esse cigarrinho fosse pior do que o ar da cidade. – Chang riu. – Além do mais, os incomodados que se mudem. – Dirigiu seu olhar à falsa ruiva.

Ele dividia o pequeno apartamento no centro de Pequim com Ling e mais um casal de amigos, Xiaoli e Wu. Apesar de Xiaoli insistir que Chang e Ling formavam um par fofo, não havia interesse entre os dois. A não ser, claro, que estivesse falando em dividir o aluguel e as tarefas da casa. Um sabia que o outro era de grande ajuda nessas horas. Por isso Ling aturava o vício de Chang, e este tolerava quando ela colocava o som no volume máximo.

– Notícias de seu pai? – indagou Ling, querendo mudar de assunto. As fracassadas tentativas de fazê-lo parar de fumar a deixavam desconfortável.

– Não – respondeu entre uma e outra baforada. – A polícia está procurando por ele sem parar; acho que está morto.

O pai de Chang sumira. A despeito de muitos suspeitarem de sequestro, Chang estava convencido de que o pai se matara. Ele sofria de distúrbios mentais desde que Chang era criança, e não o surpreenderia se tivesse enfiado uma faca no cérebro "sem querer".

O sumiço do pai fez com que o vício do filho se agravasse. Em um par de dias, passou de dois para seis cigarros diários. Aquilo preocupava seus amigos – particularmente Ling. Mas, tratando-se de Chang, pouco se podia fazer.

– E se não estiver? Vai voltar a morar com ele?

– Não. Ele me expulsou de casa aos berros, sem motivo algum. Por que tem que ser *eu* a lhe pedir para voltar? *Ele* que venha implorar perdão. Isto é, se ainda estiver vivo. – *O que é pouco provável.* Aquela sensação doía demais.

– Está seguro de que a polícia está fazendo o serviço direito?

– Wu diz que está. E acredito nele; afinal, é parte da equipe.

Ela piscou.

– Verdade?

Ele a encarou pela primeira vez naquela conversa.

– Achei que soubesse. Ele é o chefe da investigação.

– Pensei que tinham confiado o caso a algum tipo de serviço secreto do governo.

O pai de Chang era amigo de infância do presidente, que devia estar tão abalado quanto Chang, ou mais.

– Ling, até onde sabemos, ele apenas sumiu. Não é nada que afete o presidente ou a segurança nacional.

– Até onde sabemos – repetiu Ling em voz baixa. Mas Chang a ouviu.

⌘ ♦ ⌘

A luz forte ofuscou a visão de Natalie. Ela não se lembrava de ter desmaiado.

– Natalie?

A morena se virou. Era Ashley. O cabelo loiro, quase sempre impecavelmente escovado, parecia ter levado um choque.

– Ashley? Está bem?

– Estou. Desculpe pela luz. A gente precisava enxergar.

– A gente?

Ashley apontou para o lado oposto do quarto. Meredith e Jude estavam encolhidos no canto, amedrontados. *Puxa*, pensou Natalie. *Devo ter mesmo desmaiado.*

– O que aconteceu?

– Com Jude e Meredith eu não sei – disse Ashley –, mas quando cheguei ao Capitólio havia um oriental vendendo flores. Meredith não é fã, mas decidi comprar uma mesmo assim. O cara sugeriu que eu comprasse tulipas vermelhas. Aceitei a sugestão e o segui. Eu sei, foi uma burrice. De repente, ele me empurrou para dentro de um carro, em que um negro me amarrou, me amordaçou, abriu uma passagem para o porta-malas e me jogou lá dentro.

Natalie ficou calada, alternando o olhar entre Ashley, Jude e Meredith. Tentou encaixar as peças, pensar. Nada fazia sentido. O careca queria apenas que seu pai lhe desse algo. Para que sequestrar seus amigos? Ela bastaria.

A porta se abriu. O careca entrou e a trancou uma vez mais.

– Por quê? – A morena cobrou uma resposta. – Por que pegou meus amigos também?

– Seu pai se sentirá culpado se você sofrer. Agora, se filhos dos *outros* sofrerem... Sem pressão, mas é uma responsabilidade imensa.

– Sem pressão – ironizou Jude baixinho.

– O que está fazendo aqui? – perguntou Ashley.

– Isso – assegurou – vocês irão descobrir agora.

⌘ ♦ ⌘

Guy, o careca, alternou o olhar entre os quatro adolescentes. Qual escolher? A filha do cara, o garoto ou uma das loiras?

Uni duni tê salame minguê...

Agarrou a mão do garoto e o arrastou para fora do quarto, alheio aos gritos de protesto e aos *Jude!* das garotas.

Enquanto seus camaradas amarravam Jude, Guy telefonou para o pai de Natalie, que atendeu no primeiro toque.

– Quem é? – Ao fundo, uma mulher soluçava. Provavelmente a esposa preocupada com a filha.

– Olá, Sr. Hill. Meu nome é Guy. Estou com Natalie e uns amigos dela. Se não me der o que eu quero, eles vão sofrer. E muito. Quer uma demonstração?

Guy aproximou o telefone dos compinheiros. Estes pegaram o indicador esquerdo de Jude e o enfiaram na tomada. O garoto gemeu alto o suficiente para o Sr. Hill ouvir. O careca falou:

– Então, Sr. Hill... Vai me dar o que eu quero ou terei que usar sua linda filha? Não me obrigue a desfigurar aquele lindo rostinho...

Do outro lado da linha, o homem engoliu em seco.

– P-por favor, não machuque Natalie... Nem os amigos dela... Eu faço o que você quiser; deixe-os em paz...

– É assim que se fala, Sr. Hill. Agora, vá a um canto onde haja um computador. Tenho umas perguntas a fazer. E exijo respostas honestas.

⌘ ♦ ⌘

Antes de sair para a escola, Érica observou a data circulada com marcador verde no calendário: 15 de fevereiro. Seu aniversário e sua festa. *Caramba. Faltam nove dias.* Nove para o Grande Dia. Nove para arrasar na frente de todo mundo sem medo de ser feliz. Afinal, dali a nove dias seria o *dela*.

Alheia a tudo e a todos, Érica quase não percebeu o garoto que entrava na casa pela janela. Quase.

A loira tentou atingir o garoto, mas ele a segurou pelos braços, imobilizando-a.

– Calma – cochichou num português estranho. – Eu só vim dar um aviso.

– Quem é você?

Ele era bonito: um moreno de olhos verdes. O aspecto europeu o embelezava ainda mais.

– Alguém que deseja ajudá-la.

Érica franziu a testa.

– Por quê? A gente nem se conhece.

– *Você* não me conhece. Eu a conheço bem.

– O-O quê?

– Eu falei demais. Como eu disse, eu vim dar um aviso: tome cuidado. O tipo de coisa que você está prestes a enfrentar... eu não desejaria isso a ninguém. – E se foi sem dar à Érica a chance de falar.

⌘ ♦ ⌘

Apesar das circunstâncias, a cena poderia ser considerada cômica. Ashley e Meredith estavam tão abraçadas que pareciam prestes a se fundirem. Jude roncava de cansaço, e Natalie estava no meio, sentindo-se um candelabro com relação ao casal.

Na frente, o oriental sorria. Pelo visto, o pai de Natalie lhe dera o que ele, o negro e Guy queriam. Ninguém dizia nada;

o único som que se ouvia era o CD de Bon Jovi que o oriental colocara para tocar a todo vapor.

O sol do meio-dia se escondeu atrás das nuvens de fim de inverno. De repente, o oriental freou bruscamente, assustando as garotas e acordando Jude.

– Saiam agora! – esbravejou como se viesse dando aquela ordem há horas. Assustados, os quatro saíram do carro o mais rápido que puderam. O oriental arrancou, e num instante o carro era um pontinho preto no horizonte.

Estavam numa rodovia interestadual. Nenhum sinal de vida ao redor.

– O que fazemos agora? – questionou Meredith. Era a primeira vez desde a noite de domingo que dizia algo.

– Alguém tem dinheiro? – quis saber Ashley. Gastara tudo com o golpe das tulipas.

Meredith e Jude provaram que não. Natalie pensou em procurar na bolsa; recordou que a deixara cair quando foi puxada para dentro do carro.

– Vamos pedir carona – sugeriu, estendendo o braço.

Quando já estavam tremendo de frio, um caminhoneiro parou e os levou a um bairro da periferia, onde encontraram um telefone público. Jude viu que tinha dois dólares no bolso, que Natalie usou para pedir que sua mãe os pegasse.

⌘ ♦ ⌘

Wu estranhou a calmaria da casa. Em geral, ou Chang e Ling estavam discutindo, ou a falsa ruiva estava com o som no máximo. Desta vez ambos pareciam confortáveis no silêncio. *Ou é uma coisa muito boa, ou é uma coisa muito ruim, ou é o fim do mundo. Hmmm, acho que isso seria uma coisa muito ruim, né?*

– Wu? – chamou Ling. – Chang e eu queremos falar com você.

O policial tomou assento ao lado do amigo.

– O que aconteceu para vocês estarem tão quietos?

Chang sorriu sem graça.

– Meu pai sumiu. É provável que esteja morto.

– Eu sei. Fui hoje nomeado chefe da investigação.

– Maravilha, porque quero ajuda.

– Para quê?

– Queremos que descubram se ele tem alguma ligação com o governo além da amizade com o presidente – afirmou Ling. – Para termos certeza de que foi um suicídio.

– Suicídio?

– Ele era louco – declarou Chang. – Expulsou-me de casa num surto de doideira. Suponho que se matou.

– Pode ter sido sequestrado. Ou assassinado – lembrou Ling.

Chang deu de ombros. Parecia não pôr muita fé na teoria de Ling.

– De qualquer modo – disse –, pode fazer isso?

– Posso.

Ling soltou um gritinho de animação. Chang esboçou um sorriso.

⌘ ♦ ⌘

Cairo, Egito

Jamil almoçava sozinho na cama. Em cima do travesseiro, achava-se sua agenda. Abriu-a e verificou se havia algum compromisso à tarde. Suspirou de alívio ao ver a página em branco.

Nos últimos meses, eram raros os períodos livres. Sendo presidente da ONG Alá no Coração (ANC), sempre tinha o que realizar.

Terminado o almoço, tirou o que havia em cima da cama e se deitou. Sua mente voou para 2011, três anos antes, quando aquilo começara.

Ele e seu melhor amigo, Mohammed, estavam na faculdade. O curso era Biblioteconomia. Eles adoravam dizer às pessoas que iriam ser bibliotecônomos. Ninguém sabia o que era aquilo.

Posteriormente, ambos perceberam que aquele não era seu destino. Mohammed sempre fora envolvido em religião e convenceu Jamil a largar tudo e fundar uma ONG para levar o islamismo ao mundo.

E foi o que fizeram. Era incrível o número dos que compartilhavam seus ideais. Reconheceram, todavia, que não poderiam sobreviver por muito tempo sem auxílio financeiro. Como o governo estava um pouco instável à época, decidiram recorrer a doações. Reuniram o dinheiro necessário para comprar um edifício recém-construído para ser a sede da ONG. Era lá onde Jamil, Mohammed e outros moravam.

Os dias passaram rápido. Quando percebeu, Jamil dividia com o amigo a presidência de uma imensa ONG, a maior do Egito. E brotou uma nova paixão: História Geral. Agora juntava dinheiro para poder voltar à faculdade. Nas (raras) horas vagas, lia sobre o assunto.

Estava prestes a pegar um livro da história do Catar quando bateram à sua porta.

– Iasmim? O que ocorreu? – Iasmim era uma velha amiga de Jamil que se juntara a eles no início. Pessoa de extrema confiança.

– Vamos falar baixo. Ninguém mais pode ouvir – disse ela.

⌘ ♦ ⌘

Alicia descobriu que levara o celular do pai por engano na hora do almoço, quando alguém chamado Derek ligou.

– Alô? – atendeu numa imitação razoável da voz do pai. O sujeito do outro lado pareceu não notar a diferença.

– Sr. Klein – disse o tal Derek –, acho que encontrei a pessoa certa. – E desligou abruptamente.

– O que foi? – perguntou sua melhor amiga.

– Nada – Alicia replicou, a voz do garoto na mente.

Repetiu aquilo para se convencer de que não necessitava ficar preocupada com seu pai ou com qualquer outra pessoa. Sua intuição a alertava de que era algo preocupante.

Durante o resto da tarde, Alicia não tirou as palavras de Derek da cabeça. Quando regressou à sua casa, a primeira coisa que ouviu foi a voz do pai:

– Alicia, está com meu celular?

Tirou o celular da bolsa e mostrou a última ligação recebida.

– *Sr. Klein, acho que encontrei a pessoa certa* – imitou a voz de Derek. – Pode me dizer *quem é Derek* e *quem é a pessoa certa*?

Arnold tirou os óculos e se virou para a filha.

– Tem a ver com aquele problema sobre o qual conversamos ontem.

Conversar não era o que Alicia definiria para as poucas palavras do dia anterior; preferiu não comentar esse detalhe.

– E *quando* vai me falar sobre isso, hein, pai?

– Derek disse que encontrou a pessoa certa... – Ficou com uma expressão pensativa. – Daqui a algumas semanas.

– Por que não me conta agora?

– Porque é complicado explicar a você e a essa pessoa certa, uma de cada vez. Além do mais, eu te daria a informação pela metade. – Olhou a pilha de livros que a filha segurava. – E você precisa estudar.

⌘ ♦ ⌘

– E daí? Você fala como se fosse o fim do mundo.

Iasmim descobriu que Mohammed recebera um convite para se aliar a uma ordem judaica americana. Não sabia com precisão o objetivo dessa ordem; se era o mesmo da ANC ou se eram extremistas.

– Jamil, não sei se percebeu, esses caras são *judeus*; vão atrapalhar nossa missão! Ou esqueceu que estamos aqui para *converter* as pessoas?

Jamil ficou pensativo e fixou o olhar em Iasmim.

– Talvez você tenha razão. Vou falar com ele.

Três

O telefone tocou. Era Wu.
– É você, Chang?
– Alô, Wu.
– Encontrei uma coisa sobre seu pai.
– O quê?
– Ele escreveu um artigo em 1993 dizendo que a China não deveria ter relações com os Estados Unidos. Nem comerciais, nem diplomáticas... Enfim, nada. Inteiramente antiamericano.
– Algo mais?
– De relevante, não.
– A gente se vê. – Não esperou uma resposta de Wu. Virou-se para Ling: – Meu pai escreveu um artigo em 1993 dizendo que a China não deveria ter relações com os Estados Unidos.

Ling juntou as mãos e arregalou os olhos, como se tivesse descoberto vida extraterrestre.

– Mas é claro! Ele foi sequestrado pelo governo americano!
– *Aham*, Ling. Ele escreve um artigo e, 21 anos mais adiante, quando está louco, é raptado pelo governo americano. *Por que* não considerei isso antes?
– Não percebe, Chang? Se seu pai tivesse sido ouvido, a China continuaria fechada. E você calcula quanto dinheiro deixaria de ser lucrado por causa disso? O governo pode haver

sequestrado seu pai em troca de algo que tenha relação com esse artigo.

– Ling, você percebe o tamanho da *besteira* que acabou de dizer? O artigo do meu pai não influenciou em nada a economia da China! As coisas aconteceram quando eram para ter acontecido. Começamos a negociar com o mundo quando achamos melhor. Os americanos são gente como nós, Ling. Têm cérebro. *Pensam*. Não são idiotas a ponto de sequestrar um velho surtado porque foi antiamericano duas décadas atrás.

– Não está me entendendo, Chang.

– Não. Eu te entendi bem. Você não quer aceitar o fato de que meu pai era completamente maluco e se suicidou! É isso. – E saiu a passos firmes da sala.

Ling se recostou no sofá. Estava pensando em ir à geladeira apanhar uma lata de cerveja e beber. *Chang é tão irritante às vezes. Quer sempre ser o dono da verdade...*

Decidiu tomar a desejada cerveja. Em vez de uma lata, bebeu todo o estoque.

⌘ • ⌘

Mohammed nem sequer imaginava o que Jamil queria lhe falar nem por que insistira para que saíssem do prédio e se encontrassem no McDonald's da vizinhança. Será que o lugar tinha a ver com o que ele iria dizer?

O jovem egípcio se sentou numa mesa ao ar livre. Um atendente se aproximou e perguntou se queria algo.

– Não, obrigado. Estou esperando meu amigo.

Enquanto esperava, contemplou a rua. Muitos carros passavam, mas não havia congestionamento, o que era um milagre em Cairo. De um lado, prédios residenciais cujas varandas revelavam o senso de moda dos moradores; do outro, uma farmácia, um supermercado e o McDonald's.

Jamil apareceu e se sentou à mesa. O mesmo atendente ouviu o pedido:

– Quero um Big Mac e um milk-shake de morango grande. Ah, e uma salada para meu amigo aqui.

O atendente saiu. Mohammed indagou:

– Vendem salada?

– Claro. Têm que agradar aos vegetarianos. Vamos ao que interessa?

– Quem tem que me dizer algo é você, Jamil.

– Iasmim me contou que você recebeu uma proposta de uma ordem americana.

Mohammed não se lembrava de ter referido a proposta dos judeus a Iasmim.

– Como ela soube?

– Pensei que tivesse contado a ela.

– Não... Isso não interessa. O que quer saber?

– Tudo. Ela não sabia quase nada.

O atendente veio com o pedido.

– Quer saber a história toda? – Mohammed perguntou. – Espero que esteja confortável, porque a história é longa. – E colocou um pouco de salada na boca.

⌘ ◆ ⌘

– Peguei você!

Era Natasha. Sorria triunfante. Ivan se abaixou e juntou um punhado de neve.

– Quer guerra, é? É guerra que você vai ter! – Jogou a bola recém-formada em cima da amiga. Natasha se encolheu e soltou um *ai*, se recompôs e recolheu outro punhado de neve.

E assim foram os dois, jogando bolas de neve um no outro, só parando no crepúsculo. Voltaram juntos para casa.

– E aí, quando vai arranjar uma namorada?

– Sei lá. Talvez quando quiser ficar com uma garota por mais de duas semanas.

Natasha riu. Estava acostumada com o amigo mulherengo. Seu recorde foi ficar em cima de uma falsa loira por uma quinzena; no final, descobriu que ela era... *ele*.

Ivan tirou o gorro da cabeça e ficou jogando para o alto. Os dois desciam a ladeira.

– Naquela noite em que bebi demais, eu tentei te levar para a cama?

Natasha fez que sim, encabulada. O amigo havia tomado muito e perguntou em voz alta: *Natasha, sabe dançar? Porque, se não, posso te levar a um canto e te ensinar a dança do ventre...*

– Desculpe... deve ter sido o maior mico da minha vida.

– Você não ficou com nenhum pingo de vergonha.

– Eu estava bêbado. Tão bêbado que não me lembro de nada.

– Devia parar de beber.

– Venho tentando.

– Não vem, não. Se viesse, não teria vomitado ontem.

Ivan se calou e parou de andar.

– Você tem razão – admitiu, de cabeça baixa. – Preciso bem mais do que força de vontade.

A loira platinada se aproximou do moreno-claro. Seu olhar mostrava ternura. Preocupava-se com o amigo. Não queria vê-lo ir parar no fundo do poço com apenas dezessete anos.

– Deveria procurar ajuda. Não vai parar sozinho. Não em seu estado atual.

O garotou encarou Natasha.

– Acho que sim.

– Promete que vai tentar?

Silêncio.

– Prometo. – Mas sua voz mostrava dúvida e relutância.

Ivan tinha sonhado com aquilo de novo. Olhou para o exterior e viu a neve cair serenamente na rua deserta.

Desde a noite da bomba, sonhava com seus amigos. Era a segunda vez que sonhava com Natasha. O sonho era o mesmo e evocava a promessa nunca cumprida.

Um ano depois da guerra de neve, continuava bebendo a ponto de vomitar. Não tivera mais a crise da noite em que assediara Natasha, mas, fora isso, não avançara em nada.

Natasha estava lá quando Kátia lhe dera o fora. Parecia ter recordado a promessa, pois fez um gesto de desaprovação.

– Quando vai aprender, Ivan?

Essas foram suas últimas palavras antes de a bomba explodir e o teto da boate cair sobre sua cabeça.

⌘ ♦ ⌘

– Mãe, sabe onde o pai guarda os álbuns dele?

– Sei, filha. Por quê?

– Pode me ajudar a pegá-los?

– Por que quer ver os álbuns do seu pai?

– Sei lá. Curiosidade.

Dorothy Hill foi ao porão da casa. Lá, procurou a caixa *Fotos de Jeremy*. Encontrou, e, a seu lado, Natalie agradeceu.

Em seu quarto, a morena folheou o primeiro álbum: *Ano da Formatura*. A primeira foto mostrava um Jeremy musculoso com uniforme de futebol americano. Natalie se surpreendeu. Seu pai, jogando futebol americano? Ela adoraria ver isso ao vivo.

Passava as páginas e se dava conta de quão pouco conhecia o pai. A cada cinco páginas, as fotos mostravam uma namorada diferente. Em um terço das fotos, estava com o uniforme do time. A última foto mostrava todos os colegas reunidos. Natalie reconheceu seu pai na terceira fileira. De seu lado esquerdo, uma falsa loira. De seu lado direito...

Natalie aproximou o rosto do álbum. O garoto ao lado dele tinha altura e porte físico semelhantes ao de seu pai. Chamou a mãe e fez um sinal indicando para ela se sentar ao seu lado. Apontou para o desconhecido.

– Você sabe quem é?

Hesitante, a Sra. Hill esclareceu:

– É seu tio Jack. Irmão gêmeo do seu pai. Morreu três anos depois do nosso casamento.

⌘ ♦ ⌘

Fortaleza

Derek tornou a espirrar; outra vez. Não parava de assoar o nariz e os espirros não cessavam.

– Saúde! – Um de seus colegas gritou da sala. Derek quis mandá-lo parar, pois a coisa estava piorando, mas não o fez. Calvin estava sendo milagrosamente educado, e Derek não queria arruinar aquele raro momento.

Já era a terceira crise de rinite naquele mês. Seu outro colega, Haley, atribuía ao clima da cidade. Derek não via conexão entre as duas coisas, porém Haley era médico, e quem era ele para contestar um médico?

Derek espirrou novamente. Calvin surgiu na porta de seu quarto.

– Cara, devia ir à farmácia e comprar aquele antialérgico... Qual é o nome? Ah, sim: Claritin. Isso. Você deveria ir comprar uma caixa de Claritin. Isto é, deveria comprar *duas* caixas.

– É, tem razão.

– Sempre tenho razão. – E regressou à sala.

Derek trocou de roupa. Quando passou por trás do sofá onde Calvin estava sentado, deu uma olhada no programa que o colega estava vendo.

– Está vendo *A Lista de Schindler*? Não está cansado desse filme?

– Que foi, cara? É o único legendado legal que está passando!

– E os outros canais do Telecine?

– Num é *Duro de Matar*, no outro é *O Fantasma da Ópera*. Odeio os dois. No Telecine Fun está passando *Mulan*. É até divertido, mas é dublado.

Sem dizer nada, Derek saiu do apartamento. O prédio onde ele, Calvin e Haley estavam era antigo. O elevador parava a toda hora. Sabendo disso, Derek desceu os três andares pela escada.

Bastou andar alguns quarteirões e encontrou uma farmácia. A passos largos, foi ao balcão dos remédios. Pediu duas caixas de Claritin. Quando o atendente lhe entregou o remédio, dirigiu-se à prateleira dos produtos de higiene bucal. Foi quando avistou a última pessoa que esperava ver.

Uma garota cinco centímetros mais baixa que ele, de cabelos loiros, branca como uma vampira de *Crepúsculo*, buscando algo nas prateleiras de baixo. Derek virou o rosto e fingiu procurar uma pasta de dente. A garota se aproximou. Ele sentiu seu olhar intenso. Ela tocou em seu ombro com delicadeza.

– Com licença, moço, você está bem? Está olhando a prateleira há um tempão.

Ele reconhecia a voz. Era ela.

– Eu estou bem – disse Derek, tentando ao máximo disfarçar o sotaque estrangeiro.

Não teve sucesso. A loira deu um passo para trás e exclamou, perplexa:

– Você!

Quatro

Derek não se mexeu. Sabia que não estava sendo educado, mas tinha que despistar a garota.

– Eu? – Dessa vez o sotaque não parecia tão estrangeiro. Não a enganava.

– É, estou falando com você, que invadiu meu quarto na quinta.

– Eu não!

– Por que não mostra o rosto?

Derek se virou para Érica.

– Pronto. Satisfeita?

– Por que você não quis se mostrar?

– Você não iria gostar de encontrar quem invadiu seu quarto.

– É claro que iria! Desde então venho tentando encontrá-lo para entender o que você me disse. Demorei a processar aquilo.

– Deve ter sido um choque para você.

– E foi.

– Quando eu fui embora, percebi isso. Eu fiquei com medo de que você não me tivesse entendido.

– Entendi que devo tomar cuidado e que estou prestes a me meter numa baita encrenca. O que quis dizer com isso?

Derek mirou cuidadosamente a farmácia. Seu corpo ficou tenso, rígido. Ela havia tocado num assunto delicado demais.

– Eu não posso falar sobre isso para você. Não aqui. Não agora. Eu nem deveria falar com você. É melhor eu ir. – Pôs-se a andar, mas Érica o deteve.

– Por quê?

Derek parou de andar. Talvez pudesse falar algumas coisas...

– Há uma coisa acontecendo que eu não posso impedir. Se o plano dele vingar, nós nos veremos em breve. E aí eu esclareço tudo. Eu prometo.

Dito isso, se foi, sabendo que havia deixado Érica com mais interrogações do que respostas.

⌘ ♦ ⌘

O telefone tocou.

– Alô?

– Seu celular está desligado?

– A bateria descarregou. É você, Ivan?

– Sou eu. Sua mãe é psicóloga?

– Sim... Por quê?

– Preciso de ajuda.

Kátia ficou ouvindo o *tu-tu-tu* antes de pôr o telefone no gancho. A campainha do apartamento tocou. Era Ivan.

– Sua mãe está?

– Não. Ela foi ao supermercado. Quer esperar?

Ivan entrou. Kátia se sentou ao lado do amigo.

– Por que você precisa de ajuda?

Ivan tardou a responder.

– Desde o atentado, venho sonhando com meus amigos mortos. Alguns sonhos são repetitivos, e todos são sobre alguma coisa que fiz com um deles.

– Por exemplo...?

– Você conhecia Natasha Danilovich?

Kátia franziu a testa, pensativa.

– De vista, por quê?

– Ela era minha melhor amiga. Ela... foi a última pessoa que vi antes da explosão. Sempre que sonho com ela...

Ivan contou o sonho, desde a guerra de neve até a promessa descumprida.

– Comecei a cumprir a promessa quando ela morreu. Tentei beber duas vezes, mas, sempre que colocava o copo na boca, me lembrava da Natasha. Eu a vi ser massacrada pelo teto da boate, e não pude sequer me desculpar por ter quebrado a promessa. A última lembrança... O olhar de decepção dela... É forte para mim.

Kátia não sabia o que dizer. Abraçou Ivan, deixou as lágrimas que escapavam molharem sua blusa e encontrou as palavras:

– Você vai superar isso, Ivan. Vou estar ao seu lado para auxiliá-lo. Pode contar comigo.

A resposta não passou de um sussurro entre soluços:

– Obrigado, Kátia.

⌘ ♦ ⌘

Brasília, Distrito Federal

Quando Magali saiu da sala, estava tão distraída que esbarrou numa pessoa.

– Ops! – exclamou. – Desculpe, desculpe! Vamos, eu te ajudo. – Ela se agachou e auxiliou o garoto a recolher os livros que ela o fizera derrubar.

– Obrigado!

Quando os dois se levantaram, ele estendeu a mão para Magali.

– Obrigado – repetiu. – A propósito, sou Júlio César.

– Magali. – Apertou a mão do garoto. – Você está fazendo que curso?

– Ciências Econômicas. Terceiro semestre. E você?

– Ciência da Computação. Quinto semestre.

Um silêncio constrangedor se seguiu entre os dois. Júlio César se despediu e foi para sala onde teria sua próxima aula.

⌘ ♦ ⌘

Natalie ficou vendo a foto por um bom tempo, como se ela fosse dar resposta a todas as suas perguntas.

Ela tinha um tio, irmão gêmeo de seu pai, morto há 23 anos. Por que seus pais não lhe contaram isso antes? Quem fora seu tio? Como morreu?

– Jack Hill – disse a morena. – Meu tio.

– Quando nos casamos, ele decidiu viajar pelo mundo. Ficamos sem notícias dele por seis anos, quando descobrimos que havia morrido em 1991.

– Como morreu?

– Hipotermia. O barco onde estava afundou e a equipe de resgate levou horas para chegar. Ele e mais cinco pessoas morreram.

– Por que vocês o esconderam de mim?

– Quando recebemos a notícia, seu pai ficou arrasado. Quase entrou em depressão. Quis lhe contar, mas, sempre que toco no assunto, ele se angustia. Não me deixou, talvez achando que, se você não soubesse, as recordações do irmão se apagariam.

– Ele foi uma boa pessoa?

– Eu... Eu não sei, filha. Honestamente, não o conheci bem. Ele não gostava de mim, não sei por quê.

⌘ ♦ ⌘

Chang bateu à porta do quarto de Ling mais uma vez.
– Ling! Estamos atrasados!
Sem resposta. Chang bufou e pôs a mão na maçaneta. Ao abrir a porta, viu a falsa ruiva deitada no chão. Desconfiado, Chang foi em direção à geladeira da cozinha. Não havia nenhuma lata de cerveja. Voltou para onde estava Ling.
Ainda estava dormindo. Talvez fosse melhor assim. Antes faltar ao trabalho do que ir de ressaca. Chang deu meia-volta e saiu sem fechar a porta. A escola onde trabalhava como faxineiro ficava a alguns quarteirões do prédio onde morava. No trajeto, ligou para o hotel onde Ling trabalhava.
– Alô? – disse o provável chefe dela.
– O senhor tem uma recepcionista chamada Ling Wang?
Meio minuto de silêncio. Chang acendeu um cigarro com a mão livre. A voz masculina anunciou que discara o número correto.
– É que ela não poderá ir para o trabalho hoje. Está doente. Não sei se é gripe ou pneumonia... Mas é coisa séria.
É... *bem* séria. Ela bebeu e não quer acordar.
– Ah... Tudo bem. Mas tem que trazer atestado médico quando vier. – E desligou. De imediato, Chang ligou para o celular de Ling. Caixa postal. Nada mais previsível.
– Ling, é Chang. Mesmo que não tenha dado meio-dia quando acordar, nem pense em aparecer no seu trabalho. Nem hoje... nem nas próximas duas semanas. Quando voltar, explicarei

tudo. E vê se bebe menos na próxima vez. Pelo visto, você é fraca para o álcool.

⌘ ♦ ⌘

Iasmim se preparou para mais um dia. Alguém bateu em sua porta.

– Mohammed? – disse ao abrir. – O que está fazendo aqui a essa hora?

– Onde você me ouviu falando dos terroristas americanos judeus?

– Não é difícil ouvi-lo gritando do corredor. Devia falar mais baixo, sabia?

– Ha-ha. Vou anotar isso para não fazer da próxima vez.

– Ainda bem que você é o líder, amigo. Se fosse outro, eu já teria levado um tapa na cara.

– Se fosse outro o líder, você nem estaria aqui, para começo de conversa. Apenas eu e Jamil deixaríamos uma muçulmana que mostra o rosto, o cabelo, os braços e os pés entrar aqui.

– Eu sei.

Iasmim não se cobria; usava blusas estilo regata e, quando estava sozinha, vestia shorts jeans. Não porque tivesse algo contra as roupas islâmicas; gostaria inclusive de poder usá-las. Ela sofria de hipersudorese. Os médicos a proibiram de usar burca, *hijab* ou qualquer outro traje muçulmano. Disseram que, por mais que a roupa refrigerasse a mulher que a usa, era um risco excessivo. Mesmo numa área fria, poderia suar demais, ficando desidratada. Resultado: ela usava somente roupas ocidentais. Quanto menos elas cobrissem, melhor. Ela suava bastante com blusa e shorts.

— O que acha de nos juntarmos aos judeus americanos?
— Discordo.
— Hmmm. Acho melhor você vestir uma calça.
— Não vou sair do quarto agora.
— Certo. Até o almoço.

Mohammed foi embora. Iasmim rezou para que ele soubesse o que estava fazendo.

⌘ ◆ ⌘

No café da manhã, Alicia interrogou o pai:
— Pai, quem é Derek?
— Por que quer saber, filha?
— Ele ligou para você no meio do almoço da escola naquele dia, lembra-se? Esse tipo de coisa deixa as pessoas curiosas.
— Seus amigos querem saber quem é Derek?
— Não, *eu* quero saber.

Arnold terminou seu sanduíche.
— Essa é uma longa história. Quer saber agora?
— E daí se eu deixar de ir ao colégio por causa disso? Não perdi uma aula sequer o ano inteiro.
— O ano de 2014 mal começou.
— Estou falando do ano *letivo*. Conta.
— Ouviu falar da Europol?
— Claro, pai. Como *Europol* e *Derek* se encaixam numa frase?
— Vamos a essa frase já, já. Em 2006, a Europol lançou um projeto de agentes secretos menores de idade. Esse projeto se destina a jovens sem família, sem futuro. A Europol os treina desde pequenos e os torna agentes. Eles conseguem uma vida melhor...

– E a Europol recruta mais agentes – completou Alicia. – E onde o tal Derek entra?

– Foi um dos primeiros a entrar nesse projeto.

– Ele é um agente mirim?

– É, qual o problema?

– Nenhum, mas ele parecia tão profissional no telefone...

– Eu disse, ele foi um dos primeiros. E tem uns bons anos de prática. É um dos agentes mais qualificados.

– Ele tem quantos anos?

– Fará dezessete em dezembro.

– O que ele faz? Quero dizer, qual é a... missão dele agora? – Ela não sabia se *missão* era a palavra certa.

– Ele está no Brasil agora, procurando aquela pessoa ideal de quem falou no celular.

– O que significa que só vou saber o que estava fazendo se voltar com a tal pessoa.

– Sim.

– Não pode me contar mais nada?

– Não.

– Que saco!

– Quando você descobrir tudo, verá que o saco de algumas pessoas é bem maior do que o seu. Metaforicamente falando, claro.

⌘ ◆ ⌘

Ling acordou com uma terrível dor de cabeça. A seu lado, o celular tocava. Cogitou jogá-lo contra a parede, mas de repente se lembrou de quão caro fora. Olhou a tela. Uma mensagem de voz de Chang; ela apertou o botão e a ouviu. Ele dizia que não poderia aparecer no trabalho por certo período. *Ainda bem. Vou ter um descanso digno.*

Alguns segundos e notou que estava deitada no chão. Tendo checado o horário no celular (era uma hora da tarde), levantou-se e foi para a cama. Horas depois, resolveu sair pela primeira vez naquele dia.

– Chang! Xiaoli! Wu! Alguém!

– Não precisa berrar – disse Chang, saindo da varanda.

Fumando... de novo. Mas quem era ela para recriminá-lo? Apesar da enxaqueca, não se arrependia de ter bebido. Todos os contratempos que vinham surgindo em sua vida foram esquecidos graças às cervejas.

– Agora te entendo, Chang. Todo o estresse que temos... Tem que descarregar, não é?

Silêncio.

– Você é fraca para o álcool.

– Já disse isso na mensagem de voz.

– Pare de beber antes que seja tarde demais.

– Você deve estar de brincadeira... Quer dizer que pode usar o cigarro para se acalmar e eu tenho que aturar meus problemas sem qualquer ajuda?

Chang fitou Ling ao responder:

– Quer saber? Faça o que tiver vontade. Não sei o que eu tinha na cabeça para me preocupar com você.

⌘ ◆ ⌘

Derek e Haley jogavam *Halo* quando ouviram um clique fraquinho vindo de um dos quartos. Derek pausou o jogo.

– Quando isso vai parar?

Era uma indagação retórica, mas Haley não deixou de responder:

– Não sei. Não suporto mais ter que puxá-lo para longe da janela.

– Nem eu, mas temos que fazer isso.

Os dois foram aos aposentos de Calvin. Ele estava na janela, em parte fechada pela cortina, tirando fotos sem flash. Os dois puxaram Calvin pelos braços. Enquanto Derek o segurava, Haley fechava a cortina. Aproveitou para dar uma espiada no que Calvin estava vendo.

O de sempre. Um casal – nada discreto – estava fazendo sexo com a cortina aberta.

Era péssimo ter um tarado em casa.

– Cara – disse Derek –, quando voltarmos para Washington, você vai se tratar. E não tirará foto desse casal.

– E quem me impedirá? – Calvin se expressou com arrogância. – *Vocês?*

Derek e Haley se entreolharam. Este disse:

– Espere e verá.

⌘ ♦ ⌘

Guy foi ao banheiro e escovou os dentes. Necessitava estar com os dentes limpos para manter sua reputação de líder. Quem seguiria um homem com os dentes sujos?

Após concluir a escovação, olhou-se no espelho. Não gostou do que viu e sabia o porquê. Tirou o bigode falso e a pele igualmente falsa que cobria sua cabeça. *Agora sim. Voltei ao bom e velho Guy.*

Os cabelos morenos já apresentavam uns fios grisalhos. Nada que o abalasse, inclusive porque seu rosto não refletia sua idade. Os olhos verdes não indicavam cansaço; ao contrário, estavam prontos para o próximo passo, qualquer que fosse.

Guy sabia que tomara uma decisão inteligente ao cobrir a cabeça com pele falsa e tingir de ruivo as sobrancelhas, além de colocar enchimentos nas bochechas e usar lentes douradas. Ele não era o único Guy no mundo, e ninguém iria encontrá-lo baseando-se na aparência. O Guy que eles iriam procurar era careca e bigodudo, tinha olhos dourados e supercílios ruivos, além de um rosto gorducho. O Guy legítimo era moreno (toques de grisalho), com olhos verdes e um rosto magricela, sem bigode.

Ele riu, imaginando a fúria dos policiais ao descobrirem que não encontrariam o sequestrador de Natalie Hill, Jude Potter, Ashley Becker e Meredith Moore. Pobre Jeremy Hill... Não iria fazer justiça no sequestro da filha nem capturar Guy antes que ele "usasse mal" as informações que obtivera.

Por falar nelas... Guy foi à mesinha a seu lado e abriu a última gaveta. Lá, estava uma caderneta com anotações valiosas. *Ainda bem que me lembrei da caderneta.* Sentiu um grande alívio. O que estava ali escrito era precioso demais para ser esquecido num quartinho qualquer.

De repente, ouviu *Hurricane*, da banda 30 Seconds to Mars, sendo tocada bem alto. Seu celular. Olhou no visor: Haley Bloom.

– Haley.

– Sr. Humphrey, recorda aquela ação que começamos a planejar antes de a linha cair ontem?

– Sim, sim – disse com a voz monótona.

– Bem – continuou Haley –, pensei...

Cinco

Chegou o Grande Dia. Érica estava animada.

Tomou uma ducha e trocou de roupa com rapidez, como se estivesse atrasada para algum compromisso (não estava – pelo menos não ainda). Foi à cozinha, onde seus pais a esperavam. A mãe a abraçou e lhe deu vários beijos na face, desejando-lhe *feliz aniversário* repetidas vezes, animadamente. O pai, mais calmo, limitou-se a um abraço, um beijo em cada bochecha e um feliz aniversário emocionado.

– Minha filhinha... Tão grande... – apenas sussurrou, mas a garota o ouviu.

Os três tomaram um café da manhã tranquilo – quer dizer, tão tranquilo quanto pode ser quando duas mulheres discutem os últimos preparativos de uma festa. Como conversavam em árabe (língua materna da mãe, nascida na Jordânia), o pai, que não compreendia o idioma direito, retirou-se.

A mãe de Érica aconselhou que fizesse algo relaxante, pois, quando a tarde se anunciasse, mal poderia respirar. Conquanto ansiosa, acatou o conselho.

⌘ ♦ ⌘

Chang se vira forçado a pedir, com antecipação, metade das férias. Motivo: sabendo que ficaria uma quinzena sem ir ao trabalho, Ling passou a ir ao bar diariamente.

Aquele dia não foi diferente dos outros. Chang atravessou alguns quarteirões e a encontrou sozinha no bar, bebendo a quinta lata de cerveja. Ele deixou o dinheiro da conta na mesa e a arrastou para casa sem dizer nada, ignorando seus gritos. Ela dizia como ele era injusto ao desrespeitá-la quando ela admitia seu tabagismo sem reclamar. O que, na opinião dele, era incomparável.

Ele fumava porque seu pai era um louco que por certo estava morto àquela altura.

Ela bebia porque achava sua vida um tédio.

Quer comparar?

A falsa ruiva queria e tentava, mas não conseguia. Qualquer um que soubesse a verdadeira história poderia atestar a desproporcionalidade entre a razão dos dois vícios.

Chang sabia que estava prejudicando-se. Por outro lado, as pessoas mais valiosas de sua vida tinham partido. *Que diferença faz ir embora agora ou depois?*

Perdido em seus pensamentos, não percebeu que Ling o havia mordido. Quando os dois chegaram e ele a soltou no sofá da sala, viu a marca em sua mão.

– Céus, Ling! O que você fez?

Ela não disse nada. Estava dormindo profundamente. Ele foi para seu quarto, onde acendeu um cigarro.

⌘ ♦ ⌘

Em seus primeiros dias no Egito, havia três anos, Iasmim odiava os olhares de denúncia e susto das pessoas ao vê-la com roupas "ocidentais". Que culpa lhe cabia por não poder se cobrir? Não pediu para nascer com hipersudorese.

Habituou-se aos olhares, e os indivíduos da redondeza se acostumaram àquela "estranha". Ela conquistou a confiança de alguns. Preferia, entretanto, sair do condomínio o mínimo possível. Contentava-se em ver o desenrolar da vida lá fora e sonhava com o momento em que partiria para outro lugar.

Não queria voltar à Síria. Não desejava reviver a memória de seus pais, mortos na guerra civil dois anos antes, quando ela já se mudara. A voz do policial ainda ecoava em sua cabeça: *O prédio onde seus pais estavam foi bombardeado... Eles morreram na hora.* Ainda chorava ao se lembrar daquele dia.

Não, não voltaria à Síria. Queria ir a outro lugar, diferente, onde ninguém a olharia com desprezo porque usava jeans e regata. Era por isso que ainda morava no prédio da ANC: precisava juntar dinheiro para sair do Egito, mas queria um lugar onde houvesse segurança e aceitação, como na ANC. Ali, eles não a viam mais como uma aberração. Além disso, ela tinha Jamil e Mohammed, os únicos amigos que fizera no país.

Aquela manhã começara como as demais: ela se banhou, vestiu uma blusa regata e um jeans azul-escuro; foi à cozinha principal e tomou sua refeição com os outros membros. Quando Jamil apareceu, pálido e assustado, perto da hora do almoço, as coisas começaram a mudar.

– O que aconteceu, Jamil?

– M-Mohammed vai aceitar a proposta do gr-grupo americano...

– E o que tem de assustador nisso?

– P-Parece que ele t-tentou recusar e eles não aceitaram... É-É melhor... É melhor você vir e ver o que aconteceu...

Ela o seguiu ao exterior do condomínio. Andaram dois quarteirões e atravessaram duas ruas e se depararam com um local com muita gente. Iasmim não via nada por causa das pessoas ao redor, mas, considerando a palidez do amigo, a coisa estava péssima. Os dois abriram caminho pela multidão e alcançaram o centro. Um carro incinerado jazia ali, com um corpo dentro.

– Quem é?

– Hakem. Vigiaram nosso condomínio e... o pegaram tão logo saiu.

⌘ ◆ ⌘

Ling percebeu que estava no sofá do apartamento. Devia ser obra de Chang. *Aquele safado.* Encaminhou-se a seu quarto e lá o viu estudando.

– É o que você faz: estudar, fumar e *me impedir de beber*! – gritou.

Ele a fitou, o semblante irritantemente calmo.

– Esqueceu que trabalho.

– *Dane-se*! Por que não me deixa em paz?

– Porque você cheira *mal* quando volta para casa bêbada.

– Então me deixe na porta.

– E levar bronca da Xiaoli? Não, obrigado.

– Dane-se Xiaoli! *Preciso beber*!

– Não sabia que seu pai era um louco que batia em você, esbravejava e a chamava de inútil. Não sabia que tinha *desaparecido*.

Ling via a dor no olhar de Chang. Decidiu não estender a discussão. Não que aquilo a tivesse tocado; é que já não tolerava ouvir comentários sobre o pai de Chang.

– Fique com seu luto e seus estudos. Vou para o meu quarto. Estou com uma enxaqueca *miserável*.

– Isso se chama *ressaca*.
– *Cale a boca!*

⌘ ♦ ⌘

Os convidados eram recepcionados por um tapete azul. A frente estava toda decorada com objetos cor de prata e azuis, cujo nome lhe fugia à cabeça. Acima da porta, um grande "É" azul se destacava.

Entre o longo tapete azul e a porta que dava para o *buffet*, havia uma recepcionista no lado esquerdo e uma varanda no lado direito. Esta estava decorada em azul e prata. De onde se encontrava, via o sofá azul com almofadas prateadas. Um casal de adolescentes estava ali, aos beijos. Perto deles, sentados numa mesa azul com cadeirinhas azuis, um trio conversava às gargalhadas. Mais para a esquerda, perto da porta, dois garotos riam alto de um terceiro que tropeçara e caíra no chão.

Isso era o que Derek via. Bem que desejava entrar na festa para ver o restante. Mas não podia, claro. Não recebera convite.

– O jovem foi convidado para a festa? – procurou informar-se a recepcionista, que agia como se o tivesse visto ali pela primeira vez, quando era a segunda vez que ela fazia aquela pergunta. Na primeira, Derek não respondeu.

– Não, senhora. Eu... Eu já vou. – Ele procurou um táxi. Não voltaria ao apartamento agora. Dissera aos colegas que iria ao cinema. Filmes não duram 25 minutos.

⌘ ♦ ⌘

Daniel jogou a cabeça para trás e riu de uma piada que Lúcia fizera. Tessália tinha voltado com Lisa da varanda, de onde pareciam ter roubado uma das almofadas prateadas. Magali apanhou um copo de bebida; o irmão Thiago pediu para trazer whisky.

– Não – disse ela.

– Ah, Magali, só hoje!

– Não com mamãe por perto.

Thiago bufou. Daniel riu dele.

– Coitadinho...

– Feche a matraca.

– Só porque ia deixar que ficasse com o último gole do meu whisky...

– Não quero sua saliva.

– Você quem sabe.

Ele riu e bebeu os dois dedos de whisky que restavam.

– Tessália, quando vai começar aquele negócio?

– Está falando do cerimonial? Daqui a pouco, acho.

– Se fosse você, parava por aí – disse Lúcia. – Senão vai me confundir com a aniversariante. – Todos riram.

Um homem anunciou que Érica iria descer e passou a cantar *A Whole New World*, do filme *Aladdin*. Todos se viraram para ver a aniversariante sair de uma das portas do alto do *buffet* e se dirigir à escada.

Estava linda. O vestido branco realçava sua pele e seu cabelo. O sorriso... ah, o sorriso... Parecia iluminar o local mais do que todas as outras luzes juntas. Quando ela estava no pé da escada, podia-se ver como estava feliz.

Daniel pestanejou, e a garota de vestido branco voltou a ser Érica. Lúcia tinha razão; ele não devia ter bebido tanto. Mas o que havia sido aquilo...?

Uma voz se elevou e todos os olhares se desviaram da loira e focaram o palco. Alguém havia se juntado ao cantor.

⌘ ♦ ⌘

Érica aguçou a vista para enxergar sob a luz dos holofotes, tentando reconhecer a voz que se elevava. A música não estava mais sendo cantada em inglês, e sim em árabe. *Mas é claro!* Era sua mãe que cantava!

Ela apressou os passos. Logo a abraçou com ternura e lágrimas. Não esperava por aquilo. Haviam-lhe dito que simplesmente iria ao palco. E ninguém lhe dissera que sua mãe cantaria.

Ao fim da música, a mãe, ainda com o microfone, fez um breve discurso. O tomara que caia azul e prata realçava suas curvas. Longo, dificultava a visão do sapato, que a filha sabia ser preto com fundo azul.

Quando o discurso finalizou, a mãe se afastou para a lateral do palco, e o pai foi a seu encontro. Hora da valsa.

Tudo transcorreu bem. Os dois não erraram um passo sequer. No final, ele se afastou. Érica desceu. Enquanto um telão mostrava umas fotos e uns vídeos antigos, tirou a saia arqueada do vestido, deixando-o dois dedos acima do joelho, e trocou os sapatos por um par de sapatilhas prateadas. Seu cabelo dispensava ajustes; o penteado iria aguentar.

Arrastou-se por trás da banda, esperando o filme terminar.

⌘ ♦ ⌘

Magali teve que se conter inúmeras vezes para não rir durante a projeção. Como sua mãe e a de Érica eram amigas de longa data, elas, Thiago e Lisa cresceram juntos (em especial Thiago e Érica, por terem a mesma idade). Magali se lembrava do que estava sendo mostrado, e muitas daquelas lembranças eram engraçadas.

Quando o filme terminou, houve um pequeno silêncio e uma música se escutou. Érica apareceu no fundo do palco, andando lenta e graciosamente. Foi quando ela reconheceu a música: *What a Feeling*, do filme *Flashdance*. Ela recordava as vezes em que a garota forçara os irmãos a assistir àquela película. *Por que não estou surpresa?*

O restante dos convidados, todavia, parecia surpreso. Érica foi ao centro do palco e parou. Duas garotas subiram ao palco e ficaram nas laterais, atrás dela. Ela, Daniel, Lúcia e Thiago se entreolharam. As garotas eram Lisa e Tessália. Eles sequer haviam notado que elas se retiraram!

De repente, a batida começou, e o trio começou a dançar. Tessália e Lisa faziam uma coreografia diferente da loira – e mais fácil. Érica seguia o mais fielmente possível a coreografia do filme. E fazia bem.

Ao final da dança, uma chuva de palmas se fez ouvir, acompanhada de alguns gritinhos e assovios. Quando o salão silenciou, a cerimonialista anunciou que era hora dos parabéns. Os quatro se encaminharam com pressa à mesa do bolo. Seria uma grande falta de respeito se os maiores amigos da aniversariante não estivessem na primeira fila.

Seis

Daniel olhou ao redor. Onde estava? Aos poucos reconheceu o recinto: o quarto de Thiago. O que estava fazendo ali?

Alguém abriu a porta. O barulho foi baixo, mas atingiu os ouvidos do garoto como se um raio tivesse caído a seu lado. Era o amigo, segurando um copo de água e um comprimido.

– É ótimo para dor de cabeça – disse, entregando os dois para Daniel. – Sempre que minha mãe fica de ressaca, dou isso a ela.

Daniel tomou o remédio e colocou o copo no criado-mudo. Thiago parecia gritar em seus ouvidos.

– Valeu, cara. Mas, sem ofensa nem nada, pode sair daqui? Cada vez que você fala parece que tem uma caixa de som de show de Ano-Novo ao meu lado.

Thiago pegou o copo e saiu, fechando a porta com delicadeza. Para Daniel, pareceu que ele a batera em sua cara.

⌘ ♦ ⌘

Érica sentiu as pernas e os braços doloridos. Mal se mexia. Dançara até as quatro da manhã, sem parar. Tentou se levantar, mas tudo doía. Chamou a mãe.

– Bom dia, filha! – disse ela ao entrar. – Algum incômodo?

— Não consigo me mexer... Tudo dói... Será que Salonpas resolve?

— Vamos tentar... Fique parada aí, vou apanhar o spray.

Érica não via problema em não se mover. Sua mãe apanhou o spray e o passou por todo o corpo da filha.

— Não parece estar funcionando — comentou ela.

— Vou buscar algum remédio para dor.

— Quer saber, mãe? Vou dormir. E... Obrigada pela festa! Amei!

— Você mereceu, filha. Você merece *tudo de bom*.

⌘ ♦ ⌘

Chang vinha aproveitando aquela folga para atualizar o conteúdo da faculdade de Direito. Lutara para entrar numa boa universidade e não queria desperdiçar a chance que lhe fora dada. Por mais que tudo parecesse conspirar contra ele.

De repente, a porta se abriu. Era Ling. *Por falar em conspiração contra mim...*

— O que quer, Ling?

— Wu chegou ontem com algo sobre seu pai. Você já tinha dormido e por isso preferimos lhe contar hoje.

— Você está bêbada?

— De maneira alguma. Não bebi nem planejo beber até lhe contar.

Chang se levantou.

— Cadê o Wu?

— Aqui. — O policial apareceu atrás de Ling.

Chang os seguiu. Na sala, ficou junto a Ling. Wu se sentou numa cadeira.

– Cadê a Xiaoli? – perguntou ele. – Pensei que fosse seu dia de folga.

– Foi comprar o almoço – disse Wu. – Falando em comida... Descobri ontem que seu pai foi ao McDonald's antes de desaparecer.

– E daí?

– Significa que não deve ter se matado – disse Ling. – Ninguém dá uma passadinha na lanchonete estando prestes a se suicidar, Chang.

Chang ficou a pensar. Ling estava certa. Por que seu pai sairia de casa para se matar quando poderia cortar os próprios pulsos? Talvez não tivesse intenção suicida nenhuma, afinal.

– Você pode ter razão, Ling. – Ele encarou Wu. – Obrigado, Wu!

⌘ ♦ ⌘

Na manhã seguinte, Derek, Calvin e Haley planejavam fazer o serviço para o qual tinham sido designados, mas Derek acordou gripado. Ficou deitado o dia inteiro. Insistiu que Calvin e Haley fizessem o serviço sem ele, e os colegas recusaram.

– A gente espera – disse Haley.

– Você é médico. Sabe dizer se vou ficar melhor?

– Talvez, Derek. Não dá para saber ao certo.

– Vamos esperar até amanhã – disse Calvin. – Se não melhorar, a gente faz o serviço sem você.

Ele se foi. Haley ficou

– Você não quer fazer isso, não é? – Derek fez que não. – Nem eu. Mas temos de fazê-lo.

⌘ ♦ ⌘

Érica pensou em pedir uma cadeira de rodas. Suas pernas ainda estavam doloridas. Decidiu, porém, que seria dramático andar pela escola como uma deficiente. Nem sequer quebrara a perna.

Chegou junto com Daniel.

– De ressaca? – perguntou. Tentava disfarçar a dor constante que sentia.

– Com toda a família Nogueira cuidando de mim, era impossível que estivesse de ressaca hoje. – Os dois riram. – Parece que você está, ou melhor, suas *pernas* estão.

Ela riu e olhou instintivamente para as pernas. Quando ergueu a cabeça, ele estava lhe oferecendo a mão. Ela aceitou, e os dois subiram as escadas juntos. Na sala, Daniel a deteve.

– Érica, eu queria lhe dizer algo... Eu... Eu gosto de você.

– Você *o quê?*

– E-Eu... gosto de... v-você.

Ela se deu conta do tom duro que usara.

– Desculpe, Daniel. Eu... Fiquei surpresa. Er... Preciso refletir. *Para pensar em como dar um fora em você, porque só te quero como amigo.*

– Fui meio... direto, eu sei.

Um silêncio desconfortável se seguiu. Sem dizer nada, Érica entrou. O mapeamento da sala lhe havia posto na quarta fila, e ela estava atrás de Daniel e em frente a Thiago. Pensou em pedir para trocar de lugar com o outro, a fim de ficar longe de Daniel. Sacudiu a cabeça, afastando aqueles pensamentos. Seria grosseria.

⌘ ♦ ⌘

No intervalo, Thiago concluiu que se declararia para a loira. Havia passado todo o dia anterior pensando nisso e sentia que estava pronto. Ele a tirou da fila da cantina e a levou para a escada de incêndio. Estava assustada.

– Calma, eu não vou violentá-la – ele riu, mas ela permaneceu tensa.

Eles se sentaram nos degraus. Ele disse:

– Érica, tem uma coisa que venho querendo-lhe dizer. Não me olhe assim. Não sou gay. Não estou me drogando. Não engravidei ninguém. Pare de me olhar assim, Érica. Está me deixando nervoso. Obrigado! Bem, faz meses que me sinto assim... Você está me olhando esquisito de novo. Já disse, não a chamei aqui para sair do armário. Olha, pode tentar não fazer mais essa cara? Obrigado! Agora... Eu gosto de você. Pronto, falei. Lá vem você com essa cara...

– Hoje não é meu dia... – ela disse, olhando para o chão.

– O que aconteceu? Você parecia bem...

– Daniel disse o mesmo para mim. Quero dizer, disse que gostava de mim. Não a parte *eu-não-sou-gay, eu-não-engravidei-ninguém*...

Thiago contemplou o teto, confuso.

– Ele passou o tempo todo lá em casa, e não falou nada. Vou falar com ele.

– Não, Thiago!

– Eu não vou *brigar* com ele. Vou *falar* com ele. Estou confuso.

E estava. Procurou Daniel e o encontrou na sala de informática.

– Por que não me contou que gostava da Érica, cara? Não confia mais em mim?

– O quê?

– Érica me contou que você confessou gostar dela. Por que não me contou antes? – *Eu poderia não ter dito nada a ela até que o assunto fosse esquecido.* Tentou ficar com ciúmes, mas percebeu que estava confuso demais para isso.

– Eu estava com muita dor de cabeça para pensar.
– Quer dizer que só pensou nisso hoje de manhã?
– Sim... E é lógico que eu gosto dela.

Thiago abriu a boca para dizer que o amor não era lógico. Refreou o impulso e deixou o amigo continuar.

– Eu não tinha percebido antes da festa. Ela estava linda.
– *Claro que estava. Ela é linda. E minhas irmãs sempre dizem que, se uma garota fica feia na festa de quinze anos, vai ser feia por toda a vida.* – O rosto, os cabelos... os olhos... – Vacilante, parou de falar.

– Tudo bem, Daniel?
– Eu devia ter recordado isso... Eu pisquei e percebi que a pessoa que estava vendo *não era a Érica!*
– Espere... Você confundiu a Érica *com outra pessoa*? – Thiago precisou de muito esforço para não rir.
– Sim. Ai, droga, vou falar com ela!
– Calma, Romeu míope. Melhor falar com ela amanhã.
– Por quê?
– Eu me declarei a ela. Deve estar perturbada.
– Você o quê?
– Eu-me-declarei-à-Érica. Disse a você no mês passado que gostava dela, esqueceu?
– Droga! Não me lembrei! Daniel, Daniel, você está com Alzheimer!

Thiago riu e falou:
– Olha, vamos combinar: você explica a ela que foi um mal-entendido. Ela vai rir da sua cara, mas vai voltar a falar com você. Quanto a mim, vou esperar amanhã. Creio que ela não

vai mais falar comigo hoje. – Ele deu uma risadinha. – Romeu Míope. Gostei desse apelido que lhe dei.

– Vai me chamar assim até se cansar, não vai?

– Prometo não me cansar tão cedo.

– Idiota.

– Aprendi com você.

– É que sou um *excelente* professor.

⌘ ♦ ⌘

Derek ainda não estava em condições de sair da cama. Haley colocou na mesinha de cabeceira um cartão com o telefone de um restaurante que entregava comida em casa.

– Vocês já vão? – perguntou, a voz fraca.

– A menina deve estar na escola agora – disse o ruivo em resposta. – Quer uma hora melhor?

Derek não mencionou nada. Assim que Calvin e Haley saíram, discou um número e aguardou.

– Arnold Klein, vice-presidente do Banco Europeu. Quem fala?

– Ainda não é presidente?

– Não, ainda temos esperança de encontrar o verdadeiro presidente.

– Ele está *morto*, Arnold. E por falar em mortos... Não contive aqueles dois.

– Eles já...

– Ainda não. Acabaram de sair. Você sabe o que isso significa.

– As chances de ela se juntar a nós são poucas, Derek.

– Não foi o senhor que a espionou por seis meses, Sr. Klein. Se eu falar com ela da maneira correta, vai aceitar.

– Então fale como julgar adequado.
– Prometo que *nisso* não o decepcionarei.
– Você não podia evitar isso, Derek.

E o senhor não queria que eu evitasse, não é?, lembrou com desgosto. Mas não se atreveu a dizer aquilo em voz alta. Em vez disso, limitou-se apenas a dizer:

– Eu sei. Pensei que houvesse um meio de evitar.
– Apenas a ajude. E a convença a se juntar a nós. É por uma boa causa.

Derek se sentou e bebeu toda a água do copo. Ele fracassara ao tentar parar Haley e Calvin, mas obtivera sucesso ao convencê-los de que estava doente. *Eu devia ir para Hollywood.*

⌘ ♦ ⌘

Antes de a aula começar, Thiago foi ao encontro de Érica. Ela não queria falar com ele, mas não se afastou quando ele se sentou a seu lado num banco do pátio.

– Sei que ontem disse que gostava de você. Sei que você não vai falar comigo. O que me leva a uma conclusão: prefiro ser só seu amigo e agir como se nada tivesse acontecido a ficar nesse silêncio. Vamos esquecer?

Érica raciocinou: estaria ele falando *sério*? Se as palavras dele tivessem sido autênticas – e deviam *ter* sido –, não dava para simplesmente *esquecer* o dia anterior. Aquilo ficaria marcado entre eles.

Thiago compreendeu o olhar dela e pôs a mão sobre o peito.

– Juro solenemente não tocar mais no assunto e fingir que não gosto de você. Conheço outras formas de fazer um juramento, se você não quiser esse.

Ela riu e o abraçou.

– Aceito o seu juramento.

– Você falou comigo! – Ele riu. – Agora... Você precisa falar com o Daniel.

– Por quê?

– Adoraria contar para você, mas prefiro ver a cara dele enquanto fala. – Ele soava como o melhor amigo dela, não mais como o cara que gostava dela.

– Está me deixando curiosa, Thiago...

– Vamos falar com ele. – Ele a puxou pelo braço e a levou à sala de aula, onde estava Daniel, mexendo no celular. Quando se aproximaram, ele questionou:

– Por que tenho a sensação de que vou me dar mal?

– Romeu Míope... Entendo que você tem algo a dizer à sua Rosalina.

– Romeu? Rosalina? – Érica estava confusa. – Que história é essa?

Daniel a ignorou e olhou para Thiago.

– Se eu sou Romeu e ela a Rosalina, quem você é?

– Posso ser aquele primo do Romeu que foi à festa com ele no começo da história. – *Ninguém se lembra dele... Ah, dane-se.*

– Alguém pode me explicar como virei a ex-namorada do Romeu?

– Érica – disse Thiago –, Rosalina era *pretendente* do Romeu antes de ele conhecer Julieta. Não misture os fatos...

– Tanto faz! Podem me explicar como virei a *pretendente* do Romeu?

Thiago se limitou a rir. Daniel se acomodou na cadeira e falou:

– Você se lembra de eu ter dito que gostava de você, Érica? Bem, acontece que eu estava muito bêbado e vi outra pessoa em vez de você na hora daquela descida da escada. Thiago passou a me chamar de Romeu Míope, o que te faz a minha... *Rosalina*.

Érica não sabia se ria ou se... ria.

– E quem é sua *Julieta*? – perguntou aos risos.

O garoto ficou vermelho.

– Ainda não consigo me lembrar.

A loira riu ainda mais.

⌘ ♦ ⌘

Horas depois da ligação de Derek, Arnold já estava no trabalho. No momento em que decidiu dar uma pausa para se levantar, a secretária interfonou.

– Sr. Klein, dois homens da Europol querem vê-lo. Disseram ser urgente.

– Mande-os entrar.

Dois homens com o distintivo da Europol entraram na sala. Um deles era loiro, de ombros largos, da mesma altura de Arnold. O outro, moreno e magro, era uns dez centímetros mais alto. O vice-presidente os reconheceu. Eram responsáveis pelo caso do desaparecimento do presidente do Banco Europeu.

– Boa tarde, Sr. Klein – disse o loiro.

– Boa tarde, senhores. Encontraram o presidente?

Os dois guardas se entreolharam, tensos. O mais alto disse:

– Encontramos, senhor.

Arnold sentiu a verdade na voz do guarda. Sim, acertou quando disse a Derek que iam encontrar o presidente, mas o moço também acertara.

O presidente estava morto.

⌘ ♦ ⌘

Érica estava prestando atenção à aula quando um jovem de vinte anos surgiu. Era um dos fiscais de corredor.

– Érica Santana – disse, procurando por ela. A loira se ergueu mais na cadeira, para indicar que era ela. Quando ele a viu, apontou para fora. – O diretor quer vê-la.

O coração dela estava saindo pela boca. O fiscal a acompanhou até a diretoria.

O caminho incluía passar pela sala de sua prima Tessália, por dois andares de escada e pelo corredor do quarto andar. Coincidentemente, era hora do recreio. Crianças de seis a dez anos corriam por ali, quase atropelando os dois. Chegaram a uma porta de vidro preto, com a palavra DIRETORIA pregada no alto.

Atrás da porta, havia uma salinha de espera. O fiscal a deixou ali, mas antes disse:

– Ele está com uma estudante. Quando ela sair, você entra.

Por que fui chamada? Não fiz nada de errado. Preferiu não pensar no assunto e esperar. Não demorou muito para que a estudante da qual o fiscal falara saísse. Érica, preocupada, entrou na sala. O diretor se levantou, apertou sua mão, deu-lhe um bom-dia e pediu que se sentasse.

– Fiz algo errado, senhor diretor?

– Não, Érica. Teria sido melhor se tivesse feito.

Ela franziu a testa.

– Como assim?

– *Expulsá-la* seria preferível à notícia que estou prestes a dar.

A loira se ajeitou na cadeira. O que poderia ser pior do que uma expulsão?

– Aconteceu algo?

– Aconteceu, Érica. Um vizinho encontrou sua casa aberta, entrou lá e encontrou seus pais na cama.

Ela estava confusa. O que havia de ruim em encontrar os pais na cama? A não ser...

Seus pais deveriam estar trabalhando àquela hora.

– O que aconteceu com meus pais?

– Seus pais estão mortos, Érica. E tudo indica que... foram assassinados.

Sete

Seus pais estão mortos.
Seus pais.
Mortos.
Assassinados.

Érica não conseguia pensar. A única coisa em sua mente eram as palavras do diretor. Não reparou quando ele chamou Tessália, tampouco nas palavras da prima. Mais tarde, recordaria vagamente a presença de Daniel, Lúcia e Thiago. Disseram que Lisa estava lá.

Lembrava-se de ter sido conduzida ao carro da tia, mãe de Tessália, e de ter ido à sua casa com a prima. Devia ter desmaiado, pois não se lembrava de mais nada.

⌘ ♦ ⌘

Tessália estava sentada na escrivaninha, olhando o céu, e Érica descansava em sua cama. De repente, a loira procurou saber que horas eram.

– Duas da tarde – Tessália informou, virando-se para ela. – Quer um copo d'água, comer...?

– Quero ir para minha casa.

– Sua casa foi interditada. Cena do crime.

– *Moro* na estúpida cena do crime. Tenho *direito* de entrar lá. – A voz da prima soava como uma faca.

– Quer ver onde tudo aconteceu, não é?

– E se eu quiser ver a cama dos meus pais toda suja de sangue, *o que você fará para me impedir?*

– Nada – disse. – Eles foram asfixiados com as próprias roupas íntimas. Não há sangue.

– E os corpos deles?

– No IML.

– Eu vou lá. – Érica se levantou e começou a andar, mas parou quando a prima disse:

– Tem certeza? Os motoristas de ônibus entraram em greve hoje e *garanto* que mamãe *não vai* te levar.

A loira se volveu, nitidamente frustrada. Tessália continuou, com a voz calma.

– Se quer ir à sua casa, eu a levo a pé. Apesar de achar que seu problema é não querer ficar aqui.

– *Acabei de perder meus pais,* Tessália! – Ela gritava. – Como você *quer* que eu reaja?

– Acabei de perder meus tios e tenho que lidar com *você*. – Ela respondeu, a voz agora áspera. Estava cansada e amargurada demais para discutir. – Estou cansada. Como quer que *eu* reaja?

Érica não disse nada. Parecia refletir. E pediu:

– Por favor, me leve à minha casa.

⌘ ♦ ⌘

Derek não foi ao aeroporto com Calvin e Haley. Teoricamente, ainda estava com febre. Além disso, comprara a passagem para o sábado.

Ele não voltaria a Washington, como os colegas. Iria direto para Frankfurt. Nada disse aos dois.

– Vou me mudar para a Europa – disse o ruivo ao deixar o apartamento.

– Vai fazer o que lá, Bloom?

– Trabalhar, ora. Cansei dessa vida de "espião". – Ele desenhou as aspas no ar, voz carregada de desdém. – Eu me senti um mercenário hoje. Um *sutiã* e uma *cueca*? Foi *ridículo*, se querem saber minha opinião.

Calvin riu.

– Achei divertido. Fiquei até excitado quando peguei o sutiã.

Derek e Haley o encararam, confusos.

– Cara, era um sutiã *preto* de *renda*. Imaginem isso na mulher.

– Por que você não o vestiu no corpo dela? – perguntou Derek, irônico.

– E deixar meu rastro? Nem pensar.

Derek sempre teve desprezo por Calvin, agora mais ainda. De repente, Haley olhou no relógio.

– Ei, Calvin, é hora de irmos. Tchau, Derek. A gente se vê por aí.

– É, Schwan, a gente se vê.

Os dois deram um tapa no ombro de Derek e saíram.

⌘ ♦ ⌘

A caminhada à casa de Érica durou cerca de 25 minutos. Lá, havia fitas interditando o local. Ela se despediu de Tessália.

– De agora em diante, vou sozinha.

A prima se mandou. A loira passou por baixo da fita. Um policial gritou:

– Ei! Não pode entrar aí! É cena de crime!

– A cena de crime é a *minha casa*. Posso entrar nela quando eu quiser.

O policial se aproximou dela e a olhou atentamente. Pareceu concluir que era uma moradora da casa e a deixou entrar.

Não havia sinal de que duas pessoas haviam sido mortas lá dentro. Foi ao quarto dos pais. Não parecia ter sido o palco de um duplo assassinato. Foi à cama e a socou, soltando palavrões. Repetiu o gesto numerosas vezes. A passos firmes, foi direto para a cozinha.

Com uma faca na mão, seguiu para seus aposentos. Olhou pela janela, lembrando-se subitamente de quando o garoto Derek invadiu seu quarto e quase a flagrou de sutiã. *Aproveite seus pais e cuide bem deles*, dissera. Sabia que aquilo ocorreria.

Há uma coisa acontecendo que eu não posso impedir. Honestamente, talvez seus esforços não deem em nada. Se nada do que eles pudessem fazer iria adiantar – e, de fato, seja lá o que tivessem feito, não adiantou –, por que falara aquilo a ela?

Se o plano dele vingar, nós nos veremos em breve. E aí eu esclarecerei tudo. O plano era a morte de seus pais. Quem era ele? E por que queria ver seus pais mortos?

Tome cuidado. O tipo de coisa que você está prestes a enfrentar... Eu não desejaria isso a ninguém.

– Mas *o que* estou prestes a enfrentar?

Olhou para a faca em suas mãos. Algo era certo: queria seus pais. Quem quer que *ele* fosse, o que quer que *ele* quisesse com a morte dos pais dela, o que quer que *ela* fosse enfrentar... Nada disso importava. Só seus pais importavam. E eles não estavam ali.

Posicionou a faca no pulso esquerdo. Não queria sofrer. Não queria ser órfã. Não queria ser criada por mais ninguém.

Seus pais sempre foram o que ela possuía de maior valor. Sim, tinha os tios e a prima Tessália, mas, honestamente, eles não representavam muito frente a seus pais. Avós? O último deles morrera em 1997, antes de ela nascer. Em seu luto e sua raiva, Érica se imaginava sozinha no mundo, e o pensamento a aterrorizava. Estava prestes a selar seu destino quando alguém segurou seu braço direito.

– *Não* – disse, com um sotaque europeu familiar. Ela ergueu a cabeça. Era Derek.

⌘ ♦ ⌘

– É isso?

Érica estava sentada na cama, com Derek a seu lado. Ele lhe havia contado coisas relacionadas a ela e a seus pais.

Derek era um agente da Europol. Fora enviado a Washington para se infiltrar numa Ordem clandestina. Por razões que se recusava a explicar no momento, a Ordem a julgou uma ameaça e o enviou com mais dois colegas para eliminá-la. Derek, porém, tinha intenções de espiá-la. A Europol necessitava de uma pessoa para executar um serviço que ele desconhecia, mas que era importantíssimo. Concluiu que ela exibia quase tudo o que o tal agente deveria ter, e fez o possível para protegê-la. Um dia, um de seus colegas, Calvin, disse que ela era gostosa demais para ser morta, e seu outro colega, Haley, sugeriu que matassem os pais dela para que ela, enfraquecida e depressiva, ficasse incapaz de atingi-los. O resto da história era conhecido.

– Bem, eu não contei tudo a você. Eu quero lhe formular um convite.

– O que seria...?

– Eu vou voltar a Frankfurt no sábado. Eu acho que seria ótimo você ir comigo. Eu não sei tudo o que você necessita saber, e, se você tiver interesse...

– Entendi. Ir a Frankfurt para decidir ou não ser agente. Tenho bastante o que pensar. Você me disse muita coisa de uma única vez. E ainda estou chocada com a morte dos meus pais. Posso te dar a resposta depois?

Derek não se opôs, compreensivo; e checou no celular as horas.

– Já está tarde. Sua família deve estar à sua procura. Seu celular está com você?

– Sim, por quê?

– Você pode me emprestar por um instante?

Ela lhe entregou o aparelho. Ele apertou umas teclas e lhe devolveu.

– Eu adicionei o meu número. Se você precisar, basta procurar por Derek do Chat.

– *Derek do Chat*?

– Ninguém vai suspeitar de alguém que você conheceu na internet, certo?

– Sim...

– Bem, eu vou embora. Vá para a sua família. Você tem uma, além de amigos que lhe querem bem. – Dito isso, saiu pela janela. O sol estava se pondo lá fora.

⌘ ♦ ⌘

O velório dos pais de Érica estava marcado para as nove da noite. Havia quatro cadeiras perto dos caixões reservadas para a família, mas não conseguiu ficar perto dos pais. Assim, dirigiu-se ao canto do salão onde estavam seus amigos. Limitou-se a chorar, sem emitir uma palavra. Falou então ininterruptamente, desabafando. Por fim, calou-se. Não chorava nem falava. Por volta de uma hora da madrugada, sentou-se perto dos caixões. Chorou novamente. Tessália se acercou e deu um abraço na prima mais velha.

– Não é justo – Érica murmurou consigo quando Tessália se afastou.

Ninguém ali além dela sabia a verdade. Seus pais morreram por causa *dela*. Foram mortos porque um estúpido qualquer (ou um bando de estúpidos) decidiu que ela era uma ameaça a seu grupo. O porquê não sabia, e se Derek sabia, não lhe disse.

A tristeza cedeu espaço para a raiva. Raiva de Calvin, de Haley... e de si mesma. Mais ainda dos dois garotos. Eles haviam arruinado sua vida por algum ideal idiota. Assassinaram seus pais para impedi-la de fazer algo presumidamente perigoso.

A raiva foi substituída pela determinação. Ela *não* deixaria que a morte de seus pais fosse em vão. Faria o que não queriam que fizesse: enfrentá-los. Iria se juntar a Derek e à sua missão, fosse qual fosse.

Quando concluiu isso, percebeu o quanto estava cansada. Perguntou ao tio que horas eram. Três e meia. Ela foi ao caixão do pai, que estava próximo. Ele aparentava dormir. O pessoal da funerária havia feito um excelente trabalho. As flores não deixavam ninguém ver a roupa que ele vestia, mas Érica sabia que era seu terno favorito. Ela escolhera.

Mirou o pai e foi para o caixão da mãe. Ela estava igualmente linda. Tinham colocado menos flores para que a longa bandeira da Jordânia fosse visível. Por baixo do pano, estava o vestido que usara na festa da filha.

– Vocês estão lindos – disse baixinho. – Não deviam estar aqui; já que estão, saibam que os amo *muito*. E farei de tudo para que não tenham morrido em vão.

Saiu do salão. Buscou um canto e pesquisou o número de Derek na agenda do celular. Ela sabia que ele não estava ali. Por que estaria?

– Alô? – disse ele. Não parecia seguro com relação ao idioma que usaria.

– Derek, é a Érica.

– Explique-me por que está me ligando às quatro da madrugada no meio do velório dos seus pais.

– Irei a Frankfurt com você.

– Você garante?

– Mexeram com os meus pais, Derek, *mexeram comigo*. E não sou o tipo de pessoa que leva desafio para casa.

⌘ ♦ ⌘

Érica não fez nenhum discurso durante o velório nem no enterro. Tampouco deixou que alguém o fizesse. Quando disseram que ela deveria falar, afirmou:

– Meus pais detestavam discursos em funerais.

Lúcia ficou perto da amiga o máximo que pôde durante o enterro, pronta para segurá-la caso tentasse se jogar no buraco para se juntar aos pais. Sabia que Érica amava os pais demasiadamente.

A garota se limitou a fitar os caixões enquanto eram colocados no chão e cobertos com terra. Não derramou sequer uma lágrima.

– Pode morar lá em casa se quiser – Lúcia disse baixinho.

– Não, vou morar com a Tessália. – Seu tom, porém, era de dúvida.

– Você está bem?

– Vou ficar.

Lúcia não estava gostando da expressão sombria da amiga, mas se calou.

– Se tivesse sido você – disse a loira de repente –, o que faria?

– Teria feito um discurso.

– Não é disso que estou falando. O que faria com relação a quem matou seus pais?

– Tudo para que ganhasse pena máxima.

– Só isso?

– O que mais teria que ser feito?

Érica não disse nada. Lúcia não escondeu a preocupação.

– Você não quer... *fazer justiça com as próprias mãos*, quer, Érica?

– Não do jeito que você pensa.

Ela se afastou, sem se despedir ou dar à morena a oportunidade de falar.

⌘ ◆ ⌘

Érica não foi à escola durante o resto da semana. Não porque estivesse demasiado triste para ir; queria preparar as malas para a viagem a Frankfurt. Estava decidida a se juntar à Europol, fosse qual fosse o trabalho que lhe estava destinado. Queria saber o que era antes de tomar uma decisão definitiva.

Na sexta, foi à casa de Lúcia.

– Oi, Érica! – A amiga a abraçou forte. – O que faz aqui?

– Vou viajar – disse, sem rodeios.

A expressão de Lúcia passou de alegre para surpresa.

– Por que essa viagem tão repentina?

– Quero um tempo para pensar... Nada mais do que isso – mentiu. – Vamos nos ver em breve. – Tentou demonstrar sinceridade.

Claro, ela voltaria... para proceder à mudança definitiva para a Alemanha. No entanto, não podia revelar aquilo à amiga.

Ao longo do dia, despediu-se dos outros amigos. No sábado, dos tios e da prima. Disse o máximo que podia, o que significava: *Vou viajar para pensar melhor na morte dos meus pais. Vou ficar bem, não precisam surtar.*

De lá, pegou um táxi e foi direto ao aeroporto. Derek a esperava em frente ao Bob's, comendo um sanduíche que não era de lá.

– Você vai comer? – perguntou, apontando para a lanchonete com a cabeça.

– Sim. – Deixou as duas malas ao lado das duas dele e foi ao Bob's. Quando voltou, indagou: – A que horas sai nosso voo?

Derek fora esperto. Comprara duas passagens de volta, uma para ele, outra para ela, por precaução.

– Daqui a quatro horas. Nós vamos para Recife, Lisboa e Frankfurt.

– Parece tão cansativo...

– É mais recomendável do que ir a São Paulo e passar onze horas em um avião para Frankfurt.

Érica mastigou um pedaço de Franlitos.

– Sabe como decidi que viajaria com você?

– Eu creio que não.

– Quando olhei para meus pais mortos, lembrei que foram assassinados para que não fizesse o que acham que vou fazer.

Pensei: *Se eu ficar aqui chorando, vou dar àqueles idiotas o que querem.* E decidi lutar para que a morte deles não tenha sido à toa.

Ela pôs o olhar sobre Derek. Ele mordeu o lábio e falou:

– Érica, eu quero que saiba que, se aceitar a missão, não adiantará ser motivada apenas pelo impulso de revide. Você terá que estar disposta a abandonar a sua vida de agora e recomeçar. E isso inclui esquecer seus pais.

⌘ ♦ ⌘

O sol não tinha nascido quando Derek e Érica chegaram a Frankfurt. Ele ficou feliz por poder falar alemão de novo. Fazia tempos que somente falava português e inglês.

Érica fitava o céu, calada. Quando estavam passando por alguns prédios de vidro, fez uma indagação:

– Quando vamos falar com seu chefe?

– Não é com ele que nós falaremos. A gente vai ao prédio onde fica a sede do Banco Europeu conversar com seu presidente, Arnold Klein.

– Arnold Klein? Ouvi falar desse nome...

– Você deve ter acompanhado as notícias da época em que o antigo presidente desapareceu. Na época, o Sr. Klein era vice. No dia em que seus pais morreram, o corpo do ex-presidente foi encontrado. E desde então Arnold é o presidente.

Em instantes a respiração de Érica estava pesada. Derek olhou para fora e assistiu ao nascer do sol. De vez em quando se virava para ver se ela ainda dormia.

Quando a viu pela primeira vez, seis meses antes, não podia supor que a levaria para Frankfurt. À medida que a observava, percebia que devia protegê-la do mal que ela iria sofrer inevitavelmente. Não se tratava apenas da morte dos pais; ele não tinha muita noção do que viria a seguir. Boa coisa não era.

Érica era uma garota racional; até certo ponto, fria. Não sabia dizer se era forte ou se escondia a dor. Uma qualidade que Arnold e seu chefe Klaus apreciariam. Mas será que a ajudaria a suportar o que vinha pela frente?

Pouco depois, estavam em sua casa. Ele a sacudiu levemente, acordando-a.

– Nós chegamos.

Sonolenta, saiu do carro.

– É aqui onde mora?

– Sim.

A casa era pequena para os padrões europeus e grande para os padrões brasileiros. Era pintada de branco, com muros baixos e um portão semienferrujado. Após tirar as malas e pagar o taxista, Derek, juntamente com Érica, entrou em casa, levando as malas para seus aposentos e as da loira para os de hóspedes, onde ela ficaria.

– Eu acho que seria válido você dormir. Vamos falar com o Sr. Klein à tarde, e agora são seis e meia da manhã.

Ela sacudiu a cabeça.

– Quer que eu ajude?

– Você não teria condições. Vá dormir.

Ela deu de ombros e foi para seu quarto, fechando a porta. Derek foi para o seu e desarrumou as malas. Quando terminou, era uma hora. Foi a um McDonald's próximo, comprou dois hambúrgueres e foi para casa. Chamou repetidas vezes antes de Érica abrir.

– Venha comer. Eu comprei um hambúrguer para você.

Ela o acompanhou à cozinha. Em cima da mesa, havia dois hambúrgueres embrulhados, cada um em frente a uma cadeira, indicando onde cada um dos dois deveria sentar-se.

– À direita é um hambúrguer de frango e à esquerda é um cheeseburger – anunciou. – Eu não sei qual dos dois você prefere.
– Não me importo. Qual deles prefere?
– Eu estava torcendo para que você escolhesse o cheeseburger.
– Ok. – Ela sorriu e se sentou em frente ao lanche.

Érica pediu que ele falasse da cidade. Derek engatou um monólogo a respeito de Frankfurt, até que ela pediu a ele que parasse.

– Pode parar. Já estou com muitos dados na cabeça.
– E olha que foi a introdução.
– Talvez eu deva comprar um guia turístico.
– Talvez. – Ele jogou o resto do hambúrguer de frango na lixeira ao lado da pia. – Nossa reunião com o Sr. Klein é daqui a meia hora. É melhor nos arrumarmos.

Érica jogou os restos do sanduíche na lixeira e retornou a seu quarto. Derek esperou por ela na sala.

A casa não era sofisticada. Não havia decoração. Para quê? A sala se limitava ao sofá, uma poltrona e uma TV pequena. Não havia sala de jantar. A cozinha era basicamente a pia, o fogão, o micro-ondas, a sanduicheira e uma mesa de quatro lugares. Eram três dormitórios: dois de solteiro e um de casal; o último, de Derek.

Érica apareceu na sala. Ele se levantou.

– Prefere ir a pé ou de ônibus?
– Tanto faz.
– Vamos a pé. É mais rápido.

Ele tinha razão. O trânsito estava congestionado naquela hora da tarde. Eles passaram por seis ônibus no trajeto ao Banco Europeu. Lá ele conversou com a recepcionista, que os autorizou a subir. Anunciou-se à secretária e entrou na sala de Arnold.

Havia uma garota lá dentro. Pela idade e pelas feições, devia ser filha do presidente. Estava em pé, num ângulo da sala. Ao ouvi-los entrar, encarou os dois e consultou Arnold:

– São eles?

Arnold confirmou. Ele encarava Érica. Derek a viu ficar vermelha.

– Érica – ele disse –, este é Arnold Klein, presidente do Banco Europeu. Esta é... – ele fez um gesto para Arnold, pedindo socorro. A garota pareceu compreender.

– Alicia Klein. – Ela se aproximou de Érica. – *Do you speak English?*

Érica fez que sim. Alicia olhou para Derek.

– E você deve ser Derek Schwan – disse em alemão.

– Sim... – Ele cravou o olhar em Arnold. – Não quero ofender. O que ela faz aqui?

Arnold riu.

– Minha filha é curiosa. Pesquisou sobre você e não me deixou em paz até que soubesse em que encrenca eu tinha me metido. E agora lhe devo a verdade.

– Mais uma vez, sem querer ofendê-los (em especial a Srta. Alicia). Essa atitude é prudente, Sr. Arnold?

– Sei guardar segredo – disse Alicia, ofendida. – Principalmente sobre esse tipo de questão. – Não encontrou um nome para o que o pai estava prestes a falar.

Érica estava confusa. Era fluente em inglês, mas a pequena conversa ali se dava em alemão. E não entendia uma palavra sequer. Arnold lhe disse em inglês:

– Bem, está mais do que na hora de esclarecermos tudo a todos. Está pronta, Srta. Santana?

Érica sorriu. Arnold indicou a cadeira à sua frente para ela sentar. Derek e Alicia ficaram em pé, atrás dela, lado a lado.

– Não sei o quanto Derek contou a você, Érica. Começarei do princípio. Você soube que recentemente houve atentados no Brasil, na Rússia e no Egito, não soube? – Érica não negou. – Creio que sabe da morte do presidente deste banco. Ah, sim, e a morte dos seus pais, claro. Há outras coisas que não chegam aos ouvidos da população e não quero confundir sua cabeça. O que interessa é o que todos esses acontecimentos têm em comum. Imagina o que é, Érica?

– Não. – Ela devia ser suficientemente sensata para não dizer *gente morta*.

– Todos esses ataques, incluindo o assassinato dos seus pais, estão diretamente ligados a uma ordem judaica secreta e extremista.

Arnold discorreu sobre a Ordem, cujo nome era ODTI (Ordem das Doze Tribos de Israel).

– Eles querem trucidar os cristãos e os muçulmanos, Érica – disse ele. – Todos os povos que oprimiram o povo judeu ao longo da História, maiormente esses dois. Não é preciso pensar muito para ver que isso pode causar uma guerra em cujas proporções prefiro não pensar.

Fez uma pausa e continuou:

– Eles são ameaçadores. Esses atentados são apenas uma amostra do que eles podem fazer; e fazem isso para nos intimidar, para mostrar o que vai acontecer conosco se não os impedirmos. Claro que não são todos os judeus que fazem parte dessa Ordem, mas os que fazem são perigosos.

– E onde entro nessa história?

Arnold falou à loira acerca de sua missão, além de tudo o mais que sabia sobre a Europol. Derek e Alicia se espantaram. Se ele ouvisse aquele plano da boca de qualquer outra pessoa, teria dito que era loucura. Aquelas palavras vindas da boca de Arnold davam ao plano um sentido que ninguém mais suspeitaria existir.

– Você tem todo o tempo do mundo para pensar – disse.

– Posso ter, mas não preciso. Aceito. Vou me tornar agente da Europol.

Parte 2

Oito

Maio de 2015

 A segunda-feira estreou agitada para Jamil. Mohammed recebeu um telefonema de uma jovem da Turquia que pretendia se juntar ao grupo. Agora estava indo buscá-la no aeroporto.

 O avião aterrissou às nove da manhã. Jamil se sentia um guia turístico, com uma folha de papel na mão com o nome MAHARA HAKIM. Desconhecia a aparência da tal moça, e vice-versa.

 Eis que uma jovem de estatura mediana apareceu com duas malas na mão. Estava à procura de alguém e parou no papel que Jamil segurava. Quando se aproximou, ele lhe estendeu a mão.

 – Jamil Fayad.

 Ela apertou sua mão.

 – Mahara Hakim.

 – Pronta para ir para sua nova casa?

 – Sim.

 Ele a conduziu a seu carro. Os primeiros minutos da viagem foram percorridos em silêncio. Aí Mahara perguntou:

 Há muitas mulheres no seu grupo?

 – Mais ou menos – comunicou. – Umas vinte. Você quer ser nossa secretária de relações exteriores, não é? – Mahara dissera por telefone que queria ajudar Mohammed a tratar de assuntos com outros países. Claro, eles precisavam ver se ela era digna de tal tarefa. – Você terá uma tutora antes disso, como Mohammed deve ter dito por telefone. O nome dela é Iasmim Anisah. Foi a primeira mulher a entrar no grupo. Uma das primeiras pessoas a entrar lá, na verdade.

– Vocês aceitam mulheres numa boa? – Ela não escondeu a desconfiança.

– Claro. Por que não?

– Como é a Iasmim?

– Depende. Física ou psicologicamente falando?

– As duas coisas.

– Bem, é mais alta do que você, tem cabelos negros e lisos, olhos verdes e a pele claríssima. Parece que mora na Europa, não na África, de tão clara. Sei disso porque ela não pode se cobrir. Nasceu com hipersudorese, e todos os médicos a proibiram de usar as roupas muçulmanas. Costuma andar de camiseta e calça. Como ninguém sabe ou entende o motivo, é discriminada por aqui. Raramente sai do condomínio, por isso tem a pele tão clara.

– Ela é educada, simpática?

– Uma das figuras mais educadas e simpáticas que conheço. Só não a provoque quando estiver de mau humor.

– Parece ser uma boa pessoa.

– E é. Você vai gostar dela.

⌘ ♦ ⌘

Iasmim viu o carro de Jamil pela janela. Desceu e foi à entrada do condomínio. Jamil estacionou o carro na esquina e saiu, seguido por uma mulher de *hijab*. Os dois andaram até ela, Jamil guiando-a.

– Olá, Jamil – disse ela quando se aproximaram. – Você deve ser Mahara Hakim. Meu nome é Iasmim Anisah e vou ser sua tutora. Mahara a olhou de cima a baixo.

– Jamil me falou a seu respeito. Estou ansiosa por conhecê-la melhor, Iasmim.

– Digo o mesmo.

Aquilo não era precisamente a verdade. Claro, estava curiosa em conhecer a novata, mas não simpatizava com ela. Desde que ouviu o nome Mahara Hakim pela primeira vez, sentiu um desconforto. Não gostava da hipótese de ser sua tutora. Aquela garota almejava um posto muito alto para uma novata. Não cheirava bem.

Esforçou-se para ser simpática. Os três subiram ao andar de Mohammed. Jamil e Iasmim explicavam algo sobre o condomínio de três prédios. Mahara iria morar no prédio da esquerda, o de Iasmim, Jamil e Mohammed.

O escritório de Mohammed estava aberto. Iasmim anunciou a chegada deles.

– Podem entrar – disse.

O escritório tinha uma mesa velha de madeira com três cadeiras (a de Mohammed e duas para convidados), duas estantes recém-compradas (cheias de livros) e um laptop. No canto, um ar-condicionado ligado esfriava o ambiente.

Iasmim entrou aliviada. Lá fora, a temperatura devia estar perto de 36 °C. Estava molhada de suor e vestia jeans e blusa regata.

Talvez devesse seguir a recomendação de um dos médicos: colocar um biquíni e desfrutar a vida numa casa de praia da Groenlândia.

Mohammed saudou Mahara. Lançou o olhar sobre Iasmim e a novata. Fez um sinal para que as duas moças se sentassem.

– Antes que se junte a nós, Mahara, há alguns pontos que temos de explicar a você. Primeiramente, somos muito religiosos. Estamos aqui para espalhar o islamismo pelo mundo. As pessoas de fora não nos veem tão bem assim. Muitas pensam que somos um bando de fanáticos e que a qualquer momento vamos mandar as pirâmides de Gizé para os ares. Segundo, somos associados a uma ordem judaica dos Estados Unidos.

– O que uma ordem judaica faz nos Estados Unidos? – questionou Mahara.

– Não sei. O essencial, caso você se torne nossa secretária, é que deverá saber falar com aqueles caras. Acredite, não são fáceis de lidar.

– Mataram um dos nossos membros para que aceitássemos uma parceria há um ano – disse Iasmim, a voz séria.

– Eu chamaria de *vassalagem* – disse Jamil.

– Se estão tão insatisfeitos com essa parceria – disse a novata –, por que não a desfazem?

Inocente. Essa foi a percepção de Iasmim. Pelo visto, ela teria que tirar um pouco dessa inocência antes que estivesse apta a ser "embaixadora".

– E acordar com outro dos nossos explodido dentro de um carro? – disse Mohammed. – Não podemos nos arriscar.

– E que tal usarem o dinheiro de vocês para comprarem armas?

– Usaram uma *bomba* para matar Hakem. Não temos capacidade de lutar contra eles.

– Ainda não – respondeu Jamil. – Se arranjarmos o dinheiro necessário, podemos fabricar uma e ameaçá-los com isso.

– Acham que vão se intimidar com uma *bombinha caseira*? – disse Mahara.

Iasmim a fitou. Ela não era inocente; apenas curiosa.

– Se é verdade o que estão dizendo, deve aparecer muito mais de onde veio esse explosivo. Se quiserem se livrar das asas dessa ordem, carecem de um plano.

– E você tem algum em mente? – indagou Iasmim, desafiando-a.

Mahara olhou para Iasmim.

– *Ainda* não. – Voltou-se a Mohammed. – Há algo mais que queira me falar?

– Agora não – declarou Mohammed. – Iasmim, leve-a a seu quarto, por favor.

⌘ ♦ ⌘

Jamil permaneceu no escritório. Quando Iasmim fechou a porta, ficou em frente a Mohammed.

– O que achou da novata? – consultou ele.

– Parece ser esperta. Devemos nos assegurar de que ficará do nosso lado. Você viu, ela praticamente sugeriu que bombardeássemos a ODTI. Se por alguma razão mudar de lado, estamos fritos.

Jamil se recostou na cadeira.

– Ela tem razão. Não podemos ficar de braços cruzados enquanto a ODTI nos destrói.

– Faz mais de um ano que nos associamos a ela e não nos aconteceu nada. Não há motivo para protestar.

– Mas haverá. Cedo ou tarde, virão até nós e usarão a força para que façamos o que quiserem. Temos que nos livrar deles antes que acabem conosco. Ou já se esqueceu de Hakem?

– Claro que não me esqueci dele. E você *sabe* disso.

– Não é o que me parece.

– Você acha que deveríamos ir a Washington e mandar a Ordem para o espaço?

Jamil não disse nada por um momento, a expressão raivosa.

– Interprete como quiser. A meu ver, devemos agir antes *deles*.

⌘ ♦ ⌘

Mahara seguiu Iasmim pelos corredores. Não disse nada. Não sabia se era seguro puxar assunto com a garota.

Sabia que Iasmim não gostara dela. Não conhecia, entretanto, o motivo. O que tinha feito de errado?

– Só por curiosidade – disse –, por que não usa *hijab* ou qualquer coisa parecida? – Já sabia a resposta, mas queria puxar assunto. Iasmim estudou mais detidamente a recém-chegada. Mahara desviou o olhar, constrangida.

– Não posso – fez ver de modo ríspido.

Mahara não perguntou mais nada. Sentiu que não compensava continuar.

Elas atravessaram silenciosamente os dois corredores restantes. Quando chegaram ao quarto de Mahara, esta entrou murmurando um *tchau*. Não obteve resposta.

⌘ ♦ ⌘

Quando a novata fechou a porta, Iasmim se sentiu melhor. Os minutos que passara com ela tinham sido desagradáveis.

Havia algo em Mahara que lhe despertava desconfiança. Não sabia o quê. Ela não lhe passava uma imagem confiável, honesta. Como se não estivesse do lado deles...

Não tinha o direito de pensar aquilo. Mal a conhecia. Além disso, Mohammed e Jamil não confiariam um cargo como aquele a uma pessoa que não lhes transmitisse confiança.

Perdida em seus pensamentos, não percebeu que alguém a seguia até sentir uma mão em seu braço esquerdo.

– O que você sabe? – murmurou uma voz masculina. Ela se virou para encarar o dono da voz.

Não o reconheceu de imediato. Ela o havia visto ocasionalmente nos corredores. Não sabia seu nome. Era um estranho para ela.

Ele repetiu a pergunta sem soltar seu braço. Parecia desesperado. Ela estava confusa.

– O que sei sobre o quê?

– Sobre o ataque. O ataque que Jamil e Mohammed vão organizar contra a ODTI.

Ela franziu a testa.

– Ataque? Que ataque? Ninguém fez menção a... Espere. Você ouviu a conversa no escritório?

Ele apertou seu braço com mais força.

– Não ataque a Ordem. Não vale a pena. Se for nossa aliada, só teremos a ganhar. Ser seu rival unicamente nos traria problemas.

Ele a soltou e se foi. Ela ficou parada no corredor, tentando acalmar a respiração.

⌘ ◆ ⌘

Quando Jamil deixou o escritório, Mohammed abriu seu laptop para checar sua caixa de e-mails. Havia um da ODTI. Pedia (ordenava) que o grupo enviasse dois de seus membros a

Washington em seu nome para conhecerem de pleno o sistema da Ordem.

Os nomes Mahara e Iasmim vieram à mente na mesma hora, mas enviar duas mulheres para o outro lado do Atlântico não parecia seguro. Mahara iria, claro. Tinha que se acostumar ao trabalho para o qual em breve seria designada. Em vez de Iasmim, Mohammed julgou que seria melhor enviar Jamil. *Talvez achem as duas boas demais para serem "desperdiçadas". Sabe-se lá o que se passa na cabeça desses caras...*

Decidido, foi atrás dos dois. Parou ao ver uma mulher de camiseta e jeans correr em sua direção.

– Mohammed – disse Iasmim. – Há alguém nos espionando.

⌘ ♦ ⌘

Não mais do que meia hora e Mahara havia terminado de organizar seu quarto quando ouviu batidas na porta.

– Sou eu, Mohammed. Jamil e Iasmim estão comigo.

Será que queriam falar sobre o que ela dissera no escritório? Não havia mais o que dizer.

Ao abrir a porta, encontrou três rostos desafiadores. Iasmim estava com as mãos na cintura, uma pose nada acolhedora. Franziu a testa. O que estava acontecendo?

– Mahara – Mohammed começou –, estava programando levar você e Jamil para Washington. Antes quero me convencer de que você é digna da nossa confiança.

– Ela não é digna da *minha* confiança, disso pode estar certo – disse Iasmim com voz áspera.

– Iasmim suspeita que você seja uma espiã da Turquia – continuou Mohammed.

– Todos sabem que a Turquia cortou relações diplomáticas com os Estados Unidos. – Iasmim explicou, a satisfação brotando em sua face. – Não faria sentido enviar uma espiã para nos sabotar. Provavelmente há um espião na Ordem. É por isso que quer tanto nos representar em Washington: para trocar informações com seu colega. Faz sentido, não faz, Mahara querida?

Mahara estava perplexa... e irritada.

– Qual é o seu *problema*?

– O meu *problema* é que *você* não é *confiável*. Tenho *certeza* de que é uma espiã, Mahara Hakim. Isto é, se este for *mesmo* o seu nome.

– Você bateu a cabeça na parede, por acaso? Não tem como provar nada da *asneira* que falou!

– Ela tem razão – Jamil falou pela primeira vez desde o início daquela conversa louca. – Você não tem prova de nada, Iasmim. Aliás, ainda não compreendi como essas "suspeitas" começaram. – Ele alternou o olhar entre as duas, querendo uma resposta.

– Podemos investigar o quarto dela – disse a mais velha.

– Não respondeu à pergunta – insinuou a novata.

– Que pergunta?

– De onde tirou esse pensamento ridículo?

Iasmim ficou muda, fitando Mahara. Depois de um minuto, Mohammed foi até ela.

– Você está de marcação com ela. Não vamos vasculhar seu quarto, Mahara. E quero falar com você e Jamil a respeito da viagem a Washington. Iasmim, vá dormir. Noites mal dormidas podem causar alucinações.

⌘ ♦ ⌘

Jamil viu Iasmim se dirigir ao quarto enfurecida enquanto seguia Mohammed e Mahara. Era a segunda vez que ia ao escritório do amigo naquele dia.

Foi o último a entrar. Mohammed sentou-se e fez um sinal para que ele e Mahara também tomassem assento.

– Como disse antes, Mahara, planejo mandar você e Jamil a Washington. – Virou o monitor para que ambos pudessem ler o e-mail, que explicava detalhadamente quando e onde o encontro se daria.

– Para que a gente deve saber como a Ordem funciona? – Jamil perguntou ao ler o e-mail.

Mahara estava desconfiada.

– Não sei – disse Mohammed. – Não podemos recusar isso.

– Tenho minhas suspeitas – Mahara disse. – Eu vou.

– Eu também – disse Jamil.

– Verdade? Posso mandar outras pessoas caso não queiram ir.

Ambos insistiram. Mohammed mandou os dois saírem do escritório. Do lado de fora, Jamil se voltou para Mahara.

– Por que Iasmim desconfiou de você?

– Não sei. Por quê?

– Ela não costuma desconfiar de ninguém.

– É bom saber que sou a exceção. – O tom de voz era seco. – Ela vai continuar a ser minha tutora?

– É possível.

⌘ ♦ ⌘

O sol estava a pino. Não havia uma nuvem sequer no céu. Some-se a isso ser sábado, e o resultado era um convite irrecusável para sair de casa.

Natalie sentia as rodas dos patins deslizarem pela calçada. Os jardins da vizinhança eram coloridos e chamativos. O céu indicava a vinda iminente do verão, mas as flores sinalizavam que a primavera persistia.

E era linda. A morena não se cansava de admirar a paisagem. Estava tão distraída que não viu um garoto que vinha no sentido oposto até atropelá-lo e se jogar sobre ele. Assustada, soltou um gritinho e tentou se levantar. Na tentativa, escorregou e caiu de novo em cima dele. Ele a empurrou rápido para o lado, mas não a impediu de sentir algo estranho entre as pernas – que não eram as dela.

Ele se levantou. Ela tentou imitá-lo em vão. Rindo, o garoto estendeu a mão para ajudá-la a levantar-se. Seu rosto estava vermelho quando por fim ficou em pé novamente.

– Desculpe – disse, a voz baixa e cheia de vergonha.

O garoto deu uma risada.

– Sem problemas, gata. – Natalie corou ainda mais.

Ela não percebeu que continuava segurando a mão do garoto até soltá-la. Os dois bateram papo acerca de banalidades. Ele sempre a chamando de gata. Não estava habituada a ouvir alguém chamá-la assim, a menos que esse alguém fosse Meredith. Antes de se despedirem, ele lhe deu seu número.

– A propósito – disse –, qual o seu nome, gata?

– Natalie Hill. – Ela pegou o papelzinho e o guardou no bolso da calça. – E você?

– Hathaway. Calvin Hathaway. – Ele deu um tapinha em seu ombro. – Até mais, gata.

⌘ ♦ ⌘

Guy tomou o café da manhã calmamente e se olhou no espelho. Estava pronto para ir ao trabalho.

O trajeto ao prédio da Humphrey Ltda., situado no centro de Washington, durava cerca de 30 minutos em horários de pouco trânsito – o que não era o caso. O congestionamento tinha dois quilômetros em alguns pontos, mas Guy não se importava. Quando estava parado, punha-se a ler.

No prédio, dirigiu-se ao último andar, onde a secretária o esperava.

– Bom dia, senhor Humphrey. O Sr. Mohammed Habib lhe mandou uma mensagem. – Ela lhe entregou o e-mail impresso. Ele segurou o papel e agradeceu antes de entrar no escritório.

A sala era espaçosa. Havia uma mesa retangular média, usada no dia a dia, no lado esquerdo e uma grande mesa redonda, para reuniões especiais, no lado direito. Uma das paredes fora substituída por uma vidraça, que proporcionava uma excelente vista do leste da cidade. Acima da porta, uma grande Estrela de Davi estava pregada na parede. Em cada canto da sala, havia uma estante alta, cheia de livros.

Guy se sentou confortavelmente à mesa e leu o e-mail impresso. Jamil Fayad e Mahara Hakim eram os nomes dos representantes que Mohammed enviaria. Viriam em pouco menos de um mês. *Hora de planejar como as coisas vão ser.*

Pelo interfone, solicitou à secretária uma planta completa do prédio ao lado. Prontamente ela apareceu no escritório com cinco folhas de papel. Uma das folhas foi para o lixo; a garagem não interessava.

Com calma, examinou as plantas de cada andar, avaliando o que poderia mostrar e o que deveria ficar em segredo. O trabalho durou uma hora e meia e resultou em papéis cheios de xis, indicando lugares que não iria mostrar. A duração do tour seria menor do que pensara.

Guardou as folhas em uma gaveta. Viu o laptop no centro da mesa e abriu um arquivo em PDF. Era a planta de um depósito subterrâneo de dimensões razoáveis. Depois do tour, iria mandar Jamil e Mahara de volta com o objetivo de construírem aquele depósito. Sabia que seria necessário a longo prazo.

Perto do meio-dia, foi almoçar.

⌘ ♦ ⌘

Todas as cadeiras da grande mesa oval estavam ocupadas por 31 pessoas. Dessas, 28 eram representantes de países da União Europeia. Os outros três eram o grego Alexandre Gerafentis, presidente da Comissão Europeia; o austríaco Klaus Werner, diretor da Europol; e Arnold, agora presidente do Banco Europeu.

Aquela era mais uma reunião sobre o que de modo oficial se denominava *Políticas para assegurar a paz e a estabilidade da Europa*. Arnold preferia um nome mais claro: *O que fazer para impedir que os Estados Unidos mandem a Europa e todo o mundo cristão e islâmico para o espaço*.

– Senhores alemães – disse o presidente de Portugal em dado momento –, como está indo aquele seu plano?

– Muito bem – disse Arnold, o tom entediado. – Nossa agente trabalha com zelo e já obtivemos bons resultados.

– Espero que continue assim.

Continuaram a discutir outros assuntos quando, de repente, o presidente da França, Brunot DeGalle, afirmou:

– Não entendo por que os senhores estão tão desesperados para impedir que essa Ordem ataque. Parece que não temos força para combater os Estados Unidos.

— Talvez porque *não* tenhamos — retrucou o primeiro-ministro da Inglaterra. — Nossos exércitos não são *nada* comparados ao dos Estados Unidos. Aliás, não estamos falando exclusivamente dos americanos; não é, Klaus?

Klaus pigarreou antes de falar.

— Nossos agentes informaram que a Ordem está forçando alguns países a firmar um acordo por baixo dos panos. Um acordo para auxiliá-los nes... nesse ataque. Em troca, teriam proteção garantida. Seus territórios e seus habitantes não serão afetados, desde que cooperem com os americanos. Egito, Síria, Japão e Coreia do Sul já assinaram. China e Rússia cogitam assinar.

— Continuo achando que não há o que temer — disse DeGalle.

— Podemos contar com a Coreia do Norte. Não temos exércitos, mas dispomos de armas.

— Quer comparar *nossas* armas com as *americanas*? Nem as norte-coreanas chegam perto! – disse Arnold, perdendo a paciência. — Sem falar na *China*, virar uma aliada deles! E o potencial bélico chinês? Esqueceu-se da crise que passamos? Não sei se o senhor sabe, a Europa *ainda sofre* as consequências dessa crise. Não somos mais os mesmos. Não temos a força que se exige. Se não pararmos a Ordem, seremos *massacrados*. — *Ou, como diria Alicia, nos meteremos numa bela encrenca e sairemos dela ferrados.*

A discussão durou uma hora e meia. Arnold, Klaus e Alexandre eram os que mais falavam, explicando (quase aos gritos) por que não era vantajoso deixar a ODTI atuar. DeGalle não se convencia.

— Qual o seu *problema*? – Klaus gritou em um determinado momento. — Você quer ir para o lado dos Estados Unidos?

– E se eu quiser? – ele retrucou. – O que vocês têm a ver com isso?

– Por acaso – disse Alexandre – o senhor se esquece de que isso aqui é a *União* Europeia?

– Não é o que me parece. – Ele se levantou. Antes de ir, virou a cabeça e disse: – Os senhores não têm como parar a Ordem. E, se não se prepararem logo, estarão perdidos. – E fez sua saída dramática.

Fez-se um intenso silêncio na sala.

– O que vamos fazer? – disse o primeiro-ministro da Holanda.

– Não sei – disse Arnold. – Sei que não podemos deixar a França se aliar aos Estados Unidos.

⌘ ◆ ⌘

Conquanto não fosse a primeira vez que Jamil saía do país, era estranho entrar em tantas filas. Mahara, ao contrário, estava relaxada. Quando foi a vez de terem os passaportes carimbados, ele observou com surpresa a quantidade de carimbos estrangeiros que havia no passaporte dela. Os únicos que tinha eram de viagens ao Marrocos e aos Emirados Árabes Unidos.

– Você gosta de viajar, não é? – disse na sala de embarque, puxando conversa.

– Fui à Alemanha, à Itália, ao Marrocos, a Israel e à Holanda – disse.

Contou sobre suas viagens, e Jamil falou das que fizera. A conversa ocupou as primeiras duas horas do voo. Quando se deu conta, Jamil estava sendo sacudido.

– Chegamos – disse Mahara. Era o aeroporto de Washington.

– Já?

– Você dormiu a viagem quase toda.

Os dois retiraram as bagagens de mão; foram os primeiros a saírem da aeronave. Como não haviam levado malas, não pararam na esteira. No saguão principal, viram um cartaz onde se lia MAHARA HAKIM E JAMIL FAYAD. Um homem magro de cabelos castanhos o segurava. Aproximaram-se e se identificaram.

– Somos Jamil Fayad e Mahara Hakim – Jamil disse. – E o senhor deve ser Guy Humphrey, suponho. – Mohammed havia-lhes dito que o chefe da ODTI iria recepcioná-los.

– Sim. Prazer em conhecê-los, Sr. Fayad e Srta. Hakim. Sigam-me. O tour começa agora.

Eles se entreolharam e seguiram Guy até um Mercedes prata recém-comprado. O porta-malas tinha espaço para as bagagens de mão e para um deles – e ainda caberia uma mochila de colégio.

Durante o caminho ao centro de Washington, Guy falava com animação acerca da história da cidade. Jamil fez o possível para mostrar interesse, mas no trajeto se pôs a pensar em assuntos integralmente distintos. Mahara, por outro lado, parecia prestar atenção a cada palavra que o americano dizia.

Guy parou em frente ao portão da garagem da ODTI. Ao lado, outro edifício ostentava no alto as palavras HUMPHREY LTDA. Pelo canto do olho, Jamil viu Mahara espreitando o prédio.

Em poucos minutos, os três estavam na recepção. Era simples, sem nada chamativo. Os elevadores eram antigos. Guy os conduziu ao segundo andar. Lá, mostrou-lhes algumas salas ao mesmo tempo que contava a história da ODTI.

A Ordem das Doze Tribos de Israel havia sido fundada em 1991. Inaugurou-se com uma sala de aula num colégio judaico onde Guy ensinava religião a crianças pequenas e, ao longo das duas décadas posteriores, transformou-se numa grande Ordem, que possuía membros espalhados por todo o mundo, principalmente nos EUA e em Israel, cujo objetivo era pregar a fé judaica.

– Quando descobri a ONG de vocês, fiquei empolgado. É sempre gratificante encontrar pessoas tão dedicadas à fé como nós.

Só pode estar de brincadeira. Jamil tentou esconder a raiva. Como alguém podia ser tão cínico? O homem que os forçara a se juntar a ele por meio de um atentado estava ali, falando alegremente.

Guy continuou a falar sobre a ODTI enquanto mostrava mais salas. Na maioria delas, havia microexposições a respeito do judaísmo e da história dos hebreus. No terceiro andar, estavam os cursos que a Ordem oferecia: hebraico, história dos judeus, estudo da Torá etc. Guy não parava de falar, e Jamil não apreendia metade do que dizia.

– Estamos sempre tentando trazer mais judeus para se juntar a nós, mas muitos não se interessam. É uma pena.

Só se for para você. Graças a Alá que há judeus com a cabeça no lugar.

Depois do que pareceram horas, foram para o primeiro andar. Passaram por dois corredores cheios de salas e chegaram a uma porta no final do segundo corredor.

– Entrem. – Eles o fizeram e Guy fechou a porta, acendendo a luz. – Tenho algo a solicitar aos senhores.

Tirou do bolso uma folha de papel e a desdobrou, colocando-a sobre a mesa – o único móvel da saleta, diga-se de passagem. Era uma planta.

– Um depósito subterrâneo – disse Guy. – Queremos que construam um no Egito. Contarão com todo o auxílio de engenheiros, pedreiros.

– Para quê? – interrogou Mahara, desconfiada.

– São assuntos particulares da Ordem. É o que necessitam saber. – Ele lhes lançou um olhar duro, e Jamil entendeu. Se não construíssem o depósito, outro deles morreria.

– Vamos construir – disse antes que a colega falasse. – Mas precisaremos de *muito* apoio.

Guy se mostrou satisfeito.

– Daremos o apoio necessário. É maravilhoso saber que podemos ter a sua colaboração.

⌘ ♦ ⌘

Jamil e Mahara começaram a viagem de regresso ao Egito. Até então, haviam evitado falar do encontro com Guy. Mahara tinha sérias suspeitas dele.

Segundo Mohammed, Guy comandara um atentado a um dos membros da ANC para que se juntassem à ODTI. Se queria tanto uma aliança com a ONG a ponto de forçá-la, não era porque tinham interesses em comum. Guy pretendia transformar a ANC numa marionete. Estava convencida disso desde o convite a Washington, e suas suspeitas aumentaram com a ordem de construir o depósito. Havia outros detalhes.

– Blindado – disse no avião.

Jamil olhou para ela.

– O quê?

– O carro dele. É blindado. Por que alguém que dirige uma ordem para "pregar a fé judaica" – desenhou duas aspas no ar

– andaria com um carro blindado? E a Humphrey Ltda.? Tinha ouvido falar nela?

– Não. Você já?

– Eu a descobri quando fui pesquisar sobre esse Guy. Ele é fundador (e, sem dúvida, dono) da tal empresa. E sabe o que ela faz? – Não esperou resposta de Jamil. – Fabrica armas. Aquele prédio que a gente viu é a sede corporativa. A fábrica fica em Falls Church, na Virgínia.

– Uma empresa de armamentos cujo dono fundou uma ordem judaica.

– Estranho, não é? E mais: pesquisei a respeito da Ordem. Não há nada na internet. O que acha disso?

– Não sei, Mahara.

– A ODTI é um anexo da Humphrey Ltda. E você sabe qual é o resultado de religião mais armas, não sabe?

– Guerra?

– Precisamente.

Nove

Ling estava com uma forte dor de cabeça. Tinha bebido demais na noite passada. Saber que teria de passar o dia inteiro trabalhando tornava a situação pior.

Entre 10h e 10h30 da manhã o gerente a chamou. Seu corpo ficou tenso. Alguém devia ter percebido que estava de ressaca e a denunciara. Seguiu o gerente o mais tranquilamente possível, tentando disfarçar a preocupação.

Quando entrou, viu sentada uma jovem de cabelos negros e lisos. Ela sorriu para Ling.

— Preferiria ter falado com a senhorita diretamente, mas achei que seria mais seguro assim.

Ling conteve um suspiro de alívio. Pelo visto, não tinha nada a ver com ressaca. Mas quem era aquela estranha? Por que estava à sua procura?

— Ling — disse o gerente —, esta é Mia Stravinsky, detetive internacional.

Mia cumprimentou a falsa ruiva.

— Prazer em conhecê-la, Srta. Wang. — Virou-se para o gerente.

— Incomoda-se em nos deixar a sós por um minuto? É um assunto sigiloso.

O gerente concordou e saiu, deixando Ling e Mia sozinhas.

– Creio que a senhorita não sabe por que está aqui, não é? – Mia disse.

– Honestamente, não. Pelo que sei, minha ficha está limpa.

– E está. Não vim por sua causa.

– Como assim?

– A senhorita...

– Se quiser me chamar de você, nada de mais. Senhorita soa muito formal.

– Tudo bem. Você mora com Mao Chang Lin?

Ling demorou a perceber que se referia a Chang. Era tão estranho ouvir seu nome completo.

– Sim, moro, por quê?

– Tentei falar com ele ontem, sem sucesso. Queria saber quando poderei falar com ele.

– Posso saber de que se trata?

– É sobre o pai dele.

– O que tem o pai dele?

– Sumiu. Achei que soubesse.

– Claro que sei. Somente não consigo entender o que uma detetive internacional tem a ver com isso.

– Até agora são suspeitas, mas é possível que o Sr. Lin tenha sido sequestrado.

– Entendo. Bem, posso sair logo do trabalho e convencer Chang a retirar-se da aula mais cedo.

Queria uma desculpa para voltar para casa e dormir. Torceu para Mia não tentar recusar a proposta.

– Seria de grande ajuda se fizesse isso.

Ling encontrou o gerente dançando no corredor. Pigarreou. Ele ouviu e parou de dançar, fazendo um sinal que indicava que não devia falar aquilo para ninguém. Ela não questionou, desinteressada, e explicou que anteciparia sua saída do trabalho.

– Não posso ser detalhista, mas é sobre a detetive.

O gerente a autorizou a sair. Algo dizia a Ling que ele só fez aquilo para que ela guardasse segredo quanto à dança.

– Vou no meu carro e você me segue – disse ela.

Mia aceitou.

As duas chegaram ao prédio em meia hora. A falsa ruiva esperou Mia estacionar para chamar o elevador. Quando entraram no apartamento, Ling a guiou ao sofá e foi buscar um copo d'água. Ao voltar, ligou para Chang.

– Sei que está na faculdade – disse quando ele atendeu. – Isso é importante.

– É bom que seja – afirmou.

– É do seu pai que estamos falando.

⌘ ♦ ⌘

Chang saiu em disparada e pisou fundo no acelerador. Agora que havia a possibilidade de seu pai estar vivo, tudo relativo a ele era de extrema importância.

Chegou ao apartamento arfando. Deparou-se com uma jovem que visivelmente não era chinesa.

– Ela fala chinês? – perguntou em voz baixa.

– Não muito bem – sussurrou Ling em resposta. – Dá para entender. Na última hipótese, a gente fala inglês.

– É inglesa?

– Siberiana.

– O que ela tem a ver com o meu pai?

– Tudo. Venha.

Confuso, Chang foi à sala, onde a cumprimentou.

– Sou Mao Chang Lin, mas pode me chamar de Chang. E a senhora é...?

– Mia Stravinsky, detetive internacional. O senhor é filho de Mao Lin?

– Sim. – Detetive *internacional*? O que isso teria a ver com seu pai?

– Sente-se, Chang. Gostaria de fazer algumas indagações.

Ele se sentou numa cadeira que estava próxima.

– Pode começar.

Mia fez perguntas sobre o pai de Chang: como era, como vivia, se tinha alguma doença etc. Em sua mão estava um gravador. Assemelhava-se a uma repórter. Ao final, guardou o gravador. Chang não se conteve.

– Desculpe, senhora. O que uma detetive internacional tem a ver com meu pai?

Mia mordeu o lábio, indecisa.

– Não é o tipo de coisa que posso falar para todos, mas uma vez que o senhor é filho, tem o direito de saber. Acreditamos que seu pai foi sequestrado por alguns americanos. Deve estar em alguma localidade da América. É o que sei no momento.

⌘ ♦ ⌘

Aquela tarde de quarta-feira estava tranquila para Júlio César. Como os professores estavam em greve, não foi para a universidade. Em vez disso, conversou com seu pai sobre os planos que tinha caso fosse eleito presidente.

Em dezembro do ano anterior, a presidenta Dilma renunciara ao cargo, alegando que uma grave doença não a deixava continuar no poder por mais um mandato. O que intrigou a população foi o vice-presidente não ter assumido. Agora, com Henrique Alves governando o país, haveria eleições indiretas no Congresso para eleger o novo presidente. O pai de Júlio César, Jaime Carneiro, era um dos candidatos. Tentou concorrer em 2014, porém o partido preferiu se aliar ao PT e não lançou candidato.

Passaram a tarde inteira conversando. Um pensamento o perturbou.

– Pai, se o senhor ganhar as eleições, o que vai fazer?

– Governar o país... – O pai franziu a testa, confuso.

– Isso eu sei. Estou falando dos atentados, dos Estados Unidos... Essas questões. Quero dizer... Foi por isso que a Dilma renunciou, não foi? Não estava mais tolerando a pressão.

Jaime assinalou que a presidenta não tinha doença alguma (gostaria de saber, aliás, como continuaria com a mentira). O motivo de sua renúncia fora a pressão que os EUA estavam exercendo sobre ela. Michel Temer não assumira porque os americanos ameaçaram matá-lo se fosse empossado.

– Ah, isso. Honestamente, filho, não sei. Venho pensando nisso, sabe? Em como vou proteger o país se for eleito. Essa decisão da Dilma, de alegar questões de saúde... Foi sábia. Não seria conveniente dizer a verdade. Serviria para semear um pânico que, Deus me ouça, talvez seja desnecessário.

– Deus o ouça, pai – concordou o filho.

⌘ ♦ ⌘

– Aos 6 de agosto de 1945, os Estados Unidos lançaram uma bomba em Hiroxima. Três dias depois, lançaram outra...

Xiaoli fazia anotações no quadro. Os alunos, jovens de quinze anos, estavam calados, imóveis em suas carteiras. Parecia que dava aula a árvores. *As árvores fariam mais barulho do que eles.*

No final do dia, voltando para casa, sintonizou o rádio numa estação de música internacional e aumentou o volume. Era sempre assim. A escola era silenciosa demais para alguém como Xiaoli, que gostava de som, de barulho. Era esse um dos motivos pelos quais queria tanto um filho. Queria ser acordada por um choro de bebê, ouvir aquelas risadinhas fofas... Os sons da infância.

Em casa preparou o jantar. Na madrugada seguinte, Mia Stravinsky iria para Londres, e queria que a detetive guardasse uma boa impressão dos quatro. Sabia o quanto aquela investigação significava para Chang.

Até pediria ajuda a Ling, mas a falsa ruiva não estava em casa. No bar, sem qualquer dúvida. *Quando vai perceber que está se matando? Já não basta o Chang?*

⌘ ♦ ⌘

Xiaoli cozinhava muito bem, Mia sabia agora.

O jantar foi tranquilo. Ling não disse nada. Estava "sóbria" o bastante para saber que devia ficar de boca fechada e não falar tolice. A falsa ruiva foi a primeira a se retirar da mesa, murmurando *boa-noite* e desejando uma ótima viagem a Mia.

De lá, foi de táxi para o aeroporto. O voo para Londres partiria à uma da manhã. Entrou na sala de embarque e pegou um livro em russo.

Em cinco anos de trabalho, vira muitas coisas, mas nada parecido com o caso de Mao Lin. Para começar, ele era amigo do presidente da China desde criança. Quando o presidente a contratara, estava à beira do desespero.

Não quis começar a investigação pelo coitado. Talvez ainda estivesse em estado de choque. Decidiu ir atrás de uma figura mais próxima do jornalista aposentado: o filho, Mao Chang Lin, mais conhecido como Chang. Investigou e descobriu onde morava, onde estudava, onde trabalhava e com quem dividia o apartamento. Tentou em vão entrar em contato direto com Chang. Recorreu a Ling, uma de suas colegas de apartamento.

Sua primeira impressão da ruiva fora boa, mas com o tempo viu que não era a pessoa que julgara ser. Em geral estava bêbada ou de ressaca. Chang era o oposto. Tirando o vício de fumar na varanda (ou em qualquer outro espaço aberto), era uma pessoa ótima. Admirou sua determinação de se tornar advogado, mesmo sabendo que na China quase todos os estudantes eram assim. É que não estava familiarizada com aquela realidade. Crescera num lugar onde pessoas estudiosas sofriam preconceito.

Não conheceu Xiaoli e Wu tanto quanto Ling e Chang. O casal lhe recordava demasiado os tios que a criaram. Acolhedores, simpáticos e sorridentes, conquistaram o carinho da detetive.

Voltando ao caso... Até agora, não havia muito com o que trabalhar. Sabia que o Sr. Lin estava em alguma parte da América, que escreveu um artigo em 1993 contra os EUA, que fora visto pela última vez saindo de um McDonald's e que em 2004 "enlouquecera". Chang não sabia com precisão a doença que o pai tinha; suspeitava que fosse Alzheimer.

As peças não se encaixavam. Não restavam dúvidas de que Mao fora sequestrado. O que alguém quereria com um velho doente? Será que o tal artigo tinha algo a ver com aquela história toda?

O que ela sabia era que estava em jogo muito mais do que a vida de Mao Lin.

⌘ ◆ ⌘

Domingo. Na maior parte do ano, isso significava o último dia de descanso. Mas, em julho, era só mais um dia de liberdade.

Meredith não tinha planos para aquele dia. Ashley estava visitando a família no Canadá e Natalie estava se agarrando com o novo namorado, Calvin Hathaway. Aliás, só falava dele. Que era lindo, um deus grego, um cavalheiro. Já mostrara fotos dos dois. Talvez pensasse assim por ser lésbica, mas não o achava bonito.

Decidiu dar boas-vindas à nova vizinha. Passou uma hora e meia cozinhando brigadeiros. Aprendera a fazê-los com sua mãe havia pouco mais de um ano, quando ela e Ashley começaram a namorar. Lembrava-se de suas palavras naquele dia:

– Sua avó sempre me disse que esses brigadeiros agradam a todos: branco e negro, homem e mulher, rico e miserável. Agora adiciono que agrada a héteros e a lésbicas.

Sua mãe não a rejeitou quando saiu do armário; pelo contrário, sempre lhe deu apoio e carinho. Seu pai, por outro lado... Digamos que teve de comprar uma nova mesa de jantar depois que ele e sua mãe se divorciaram.

Meredith se culpava pelo divórcio dos pais, a despeito de sua mãe sempre agradecer por lhe ter mostrado, antes que fosse tarde demais, o quão ruim ele era. Imaginava como teria sido se tivesse continuado a esconder sua sexualidade. Nessas horas, alguém (sua mãe, Ashley, Natalie, Jude ou o irmão pequeno da namorada) a consolava dizendo que as coisas poderiam ter sido piores.

Antes de ir ao apartamento da vizinha, Meredith lambuzou os dedos com o chocolate da panela. Lavou as mãos e apanhou uma tigela cheia de brigadeiros.

Bateu à porta. Ela se abriu, revelando metade do corpo de uma ruiva.

– Bom dia – disse Meredith. – Sou sua nova vizinha... E não sei como fazem nos filmes.

A ruiva riu.

– Você devia ter dito *Bom dia! Sou sua nova vizinha! Espero que esteja gostando da casa! Aqui vão uns bolinhos!*

– São brigadeiros... E sou Meredith. Meredith Moore. Você é...?

– Rachel Madison. Prazer em conhecê-la, Meredith. Quer entrar? Não fazem isso nos filmes, mas não precisamos imitar.

Meredith deu uma risada fraca e entrou. A sala de estar era pouco mobiliada. A única decoração era uma flor solitária colocada num vasinho de acrílico cheio de terra.

Rachel a levou ao sofá, pegou a tigela e a colocou entre as duas. Enquanto comiam, falaram sobre si mesmas.

– Vim de San Juan – a ruiva disse.

– Não acredito! Você parece holandesa, alemã, belga... Qualquer coisa menos porto-riquenha!

Rachel riu.

– Todos dizem isso!

Passaram cerca de meia hora conversando quando Rachel disse que precisava sair. Meredith se foi para casa com a certeza de que as duas seriam boas amigas.

⌘ ♦ ⌘

Rachel tomou o metrô para o centro da cidade. À sua frente, o prédio da Humphrey Ltda. se erguia imponente. Entrou no prédio ao lado, onde um homem de cabelos castanhos, meio grisalhos, a esperava à porta.

– Srta. Madison – ofereceu-lhe a mão.

– Sr. Humphrey – disse num tom seco, apertando a mão de Guy.

– Acompanhe-me; vários de nós estamos reunidos para assistir à sua iniciação.

O ritual de iniciação passou como uma névoa para Rachel. Agora era parte da ODTI, e era o que importava.

Dez

Érica ouviu o som de batidas na porta.
– Érica, acorde! Nós temos que tomar o trem para Viena!
Ela bufou.
– Já vou, Derek!
Quinze minutos se passaram até que estivesse pronta.
– Por que temos que ir a Viena? – perguntou a Derek.
– Encontro semestral dos agentes mirins.
– Ah, sim! Tinha esquecido!
Todos os anos, em janeiro e em julho, os agentes mirins da Europol se reuniam para apresentar os relatórios de suas missões e discutir alguns assuntos.
Alicia foi deixar o pai e os amigos na estação. Arnold viajou na primeira classe e os dois jovens foram na econômica.
– Você gosta dela – disse Érica quando o trem deu início à viagem.
– De quem? – Derek franziu a testa.
– Você sabe de quem! Da Alicia!
– Eu e Alicia? Você está de brincadeira.
– Não tente negar. O Sr. Klein ficou olhando torto para vocês na despedida. Ele também percebeu que há algo entre vocês.
Ele soltou um risinho.
– *Talvez* eu goste dela.
Érica deu um tapa na coxa dele.

– *Talvez*, que nada! Você gosta dela, gosta dela, *gosta dela*!

– Você está parecendo uma criança.

– E você gosta dela.

– Eu gosto!

– Sabia!

– Quer parar de agir como uma criança? Ninguém compreende o que está dizendo e o vagão inteiro está olhando para você. Além do mais – o sorriso foi substituído por uma expressão de pesar –, nós não podemos nos relacionar com ninguém, esqueceu?

– Sei. Desculpe.

– Tudo bem.

⌘ ◆ ⌘

Chang estava tão concentrado no livro que tiveram de chamá-lo duas vezes.

– Sr. Lin, o médico o espera.

Fechando o livro, rumou para o consultório do Dr. Wang.

– Bom dia, Chang! Há quanto tempo não nos vemos!

O médico o conduziu à mesa e indicou uma cadeira para se sentar. Chang lhe entregou um exame. Era um raio X de seus pulmões.

– Bem, Chang, seus pulmões estão ruins. Mais do que o normal para um cidadão de Pequim. Sabe por quê, não sabe?

Chang se limitou a ouvi-lo.

– Se não se cuidar e parar de fumar, daqui a poucos anos terá câncer de pulmão. O que não é uma doença legal de ser tratada. – *Como se as outras doenças fossem.* – Já imaginou procurar os Fumantes Anônimos?

Chang não mencionou nada. Dr. Wang disse mais algumas coisas, que não escutou com atenção. Por um lado, queria um futuro como advogado ou juiz; por outro, estava se matando aos poucos, tinha essa percepção e não se importava (e isso cresceu após o sumiço do pai).

Deixou o consultório absorto em seu dilema. Continuar ou desistir, eis a questão.

⌘ ♦ ⌘

– Como é isso?

Derek dirigiu-se a Érica.

– Isso o quê?

– Essa reunião. Como é?

Apesar de ter se mudado para Frankfurt em março do ano anterior, Érica não tinha participado de nenhuma reunião de agentes mirins, pois passara meses sendo capacitada intensamente.

– Ah! Primeiro, todos os agentes se reúnem com Arnold e Klaus. Eles dão alguns avisos e fazem perguntas sobre nossa situação, o progresso nas missões ou como nós nos sentimos a respeito delas. A segunda parte é individual. O Sr. Klein e o Sr. Werner perguntam a cada um de nós os detalhes das nossas missões. É quando nós desabafamos sobre o que não costumamos falar na frente de todos.

– É a parte boa da coisa.

– Eu diria que é a parte *difícil*. Você é quem sabe.

Ele não disse mais nada. Érica, inversamente, tinha mais perguntas a fazer.

– Sei que deve ser difícil falar sobre isso, mas como foram os dois meses em que se infiltrou na Ordem?

Ele se recostou no assento.

– Horríveis. O esforço que eu fazia para fingir concordar com as propostas daqueles malucos foi torturante. Fingir que estava ansioso para matar cada cristão e cada muçulmano que visse como se não houvesse amanhã... Houve dias em que eu chorei antes de dormir, tamanha era a culpa que eu sentia. Você não sabe o quanto eu fiquei aliviado quando a Ordem me deu permissão para sair dela, desde que não falasse dela a ninguém.

Fez uma pausa e continuou:

– Essa Ordem, além de propagar o ódio e a intolerância, denigre a imagem dos judeus. Sua mensagem nos mostra como maus, e isso não é verdade. Nem todos que concordam com a Ordem são maus. Quase todos os judeus que entraram na Ordem estavam atrás de paz espiritual e do reencontro com Deus. A Ordem se aproveitou do momento de fraqueza dessas pessoas e as convenceu de toda aquela história estúpida de represália contra o mundo. Os únicos culpados são os líderes da Ordem, entre os quais se destaca Guy Humphrey.

Nada mais foi dito. Chegaram à estação onde Klaus Werner os esperava na plataforma.

– Boa tarde, Sr. Arnold, Sr. Schwan e Srta. Santana. – O sobrenome de Érica foi pronunciado com um sotaque e uma dificuldade hilariante, mas ela segurou o riso.

Klaus não tinha motorista; ele próprio pilotava o BMW que os levou ao prédio onde seria a reunião.

Os quatro entraram numa grande sala com uma única mesa. Não existiam janelas. Nas paredes, apenas o interruptor, duas tomadas e dois aparelhos de ar-condicionado. Derek disse que aquilo era para evitar ao máximo que os agentes se distraíssem.

Aos poucos, vários jovens entraram na sala. Derek e Arnold apontaram alguns. Havia gente de diversos locais, inclusive de fora da União Europeia: Suíça, Rússia, Tailândia, Marrocos, Turquia, Austrália, Canadá, Haiti, Tuvalu...

– Tuvalu?

– É um país *muito pobre* da Oceania – disse Arnold, com uma delicada ênfase no *muito pobre*.

A primeira parte da reunião foi entediante. Arnold disse que iriam aumentar o salário dos agentes em 5% (uns 50 euros a mais), mas iam cortar o vale-lavanderia. Érica não deu muita atenção aos outros agentes. Perto das cinco e meia da tarde, a reunião geral foi encerrada. Arnold se retirou. Klaus chamou uma norueguesa e eles saíram.

No final, somente restaram Érica, Derek, uma austríaca e um italiano. Klaus chamou Derek. Um silêncio mortal se apoderou da sala, até que Klaus veio para chamar o italiano.

Érica estava cochilando quando Klaus a chamou.

– Vamos, antes que a senhorita caia no sono.

Bocejando, ela o seguiu a uma salinha com uma das paredes de vidro. Instalou-se numa poltrona reclinável.

– Lembre-se de ficar acordada, Érica – disse Arnold, rindo levemente. Não sabia português, mas articulava seu nome de forma correta. Ao contrário de Klaus.

– Como é o seu nome? *Irika*? *Erriqua*? *Erka*...?

A loira riu e se recostou na poltrona. Arnold e Klaus pediram mais detalhes sobre sua missão, que ela deu sem hesitar; era seu trabalho. O que a surpreendeu foi quando, no final, forneceram-lhe minúcias das missões de outros agentes. Explicaram que isso poderia ser útil para sua próxima missão.

A volta para Frankfurt foi silenciosa. O único diálogo entre Érica e Derek se deu quando ele pediu para que tirasse a cabeça de seu ombro.

– Você está babando na minha camisa.

Ela murmurou algumas palavras e encostou a cabeça na parede do vagão.

⌘ ♦ ⌘

Nas ruas de Viena, uma garota magra e baixa andava a passos curtos, o corpo ligeiramente projetado para frente. Entrou num bar e pediu um copo de refrigerante.
– Cinco euros.
Ela jogou o dinheiro no balcão, pegou a garrafa e saiu do bar. Agora estava mais ereta, e seus passos eram mais largos. Era perto da meia-noite. As ruas estavam desertas. Não demorou a chegar a uma casa de tijolos construída ao término da Segunda Guerra Mundial.

O nome dela era Sofia Zürichen. E tinha uma missão a cumprir.

⌘ ♦ ⌘

Kátia se sentou num banco qualquer e observou Ivan a distância. Fazia um ano e meio desde o atentado, e ele queria visitar os túmulos de seus amigos. O primeiro era de um Vladimir que ela não conhecia.

Por um instante, sentiu uma imensa vontade de abraçá-lo e secar-lhe as lágrimas, mas se controlou. Aquele momento era só entre Ivan e o amigo morto, ninguém mais; além disso, era apenas um ímpeto idiota.

Idiota? Tem certeza?

Desviou sua atenção para o túmulo à sua frente.

ANASTÁCIA PUTIN
* 15 – 04 – 1945
† 22 – 10 – 1954

Para ela, aquilo não passava de um nome e duas datas sem importância, mas, para alguns, sessenta anos atrás, significara uma tragédia sem tamanho. O epitáfio dava uma pista: *Um anjinho em pedaços.*

Ivan se acercou dela.

– O cemitério onde Natasha está enterrada fica no outro lado da cidade. Quer mesmo ir?

– Quero.

O trajeto ao outro cemitério foi silencioso. De vez em quando era possível ouvir Ivan fungar. Kátia pousou a mão na coxa direita dele.

Mais de uma hora e estavam no cemitério. Desta vez, Kátia não permaneceu num canto, aguardando o amigo. Foi ao túmulo de Natasha e ficou lá.

– Menti para você – disse.

– Como assim?

– Eu te disse que não conhecia Natasha.

– E vocês se conheciam?

– Fomos melhores amigas por um tempo.

Ivan a fitou, a testa franzida.

– Pode me explicar essa história?

– Foi no Ensino Médio. O grupo era eu, Natasha e outras cinco garotas, porém nós duas éramos próximas. Um dia... Você sabe que ela era judia? – Ivan confirmou. – Certo. Um dia, ela me disse que tinha entrado num grupo judaico. No começo achei que fosse uma coisa boa, que aumentaria sua fé e a apoiei. Mas aí falou umas coisas meio doidas...

– Como...?

– Que os judeus estavam destinados a comandar o mundo, que eram a *legítima* raça ariana, que a hora deles tinha chegado... Além disso, era preconceituosa quando discutia comigo e com outros sobre religião. Atacava qualquer crença que não fosse a judaica. Olhava cristãos e muçulmanos com desprezo, quase com nojo. Aos poucos, fui me afastando. Ela percebeu e brigou comigo. Não sei por quê, pois sou ortodoxa. Não nos falamos mais. Isso foi no penúltimo ano.

– Ela nunca me contou isso.

– Talvez tenha percebido que essa bobagem só a afastaria das pessoas.

– Para ser sincero, não me falava muito da sua vida antes do último ano da escola.

Kátia continuou olhando para o túmulo da ex-melhor amiga, lembrando-se da época em que Natasha era uma garota tranquila, sem teorias conspiratórias malucas. Por um momento, viu-se pensando se sua morte teria a ver com sua vida no Ensino Médio. Afastou o pensamento; era bobagem.

⌘ ◆ ⌘

Batidas à porta.

– Filho! – exclamou Linda Potter. – Quero falar com você!

Jude apagou a TV e foi abrir a porta, tenso. O que tinha feito de errado?

– O que foi, mãe?

Linda se sentou na cama e indicou o espaço a seu lado para que o filho também se sentasse. Seu semblante evidenciava preocupação.

– Estão dizendo que você é gay, filho... É verdade? Por que, se for, quero que saiba que vou continuar te aman...

Jude riu.

– É sobre isso que a senhora queria falar comigo? Mãe, isso é uma grande besteira! Estão dizendo isso de mim porque ando com as meninas.

A mãe ficou aliviada.

– Por quê, filho?

– Por que o quê?

– Por que só anda com elas?

– Porque os outros garotos da escola ou são burros que pensam que dois mais dois é igual a peixe, ou fazem bullying com os outros, ou são riquinhos esnobes, ou disfarçam a revista pornô com uma publicação científica para se fingirem de nerds. Isso sem falar da maioria das garotas. Natalie, Meredith e Ashley são as melhores pessoas da escola inteira.

Silêncio.

– Bem, fico feliz que não seja gay de verdade – disse a mãe, levantando-se. – Mas saiba que...

– Já entendi, mãe – disse Jude.

Linda saiu, fechando a porta.

⌘ ♦ ⌘

Rachel entrou no prédio da ODTI com um sujeito alto e forte, que lhe deu uma piscadela que deveria ter sido sensual, conquanto parecesse uma careta. A ruiva seguiu seu caminho.

Parou em frente a uma porta cujas inscrições eram: DIRETORIA. Era o escritório de Guy Humphrey. Respirou profundamente e se anunciou.

– Sou eu! Rachel Madison!

– Entre.

Entrou e, sem esperar convite, posicionou-se de frente para Guy.

– Boa tarde, Srta. Madison. O que a traz aqui?

– Por que o líder de uma ordem religiosa é por igual dono de uma fábrica de armas?

Ele franziu a testa.

– Como assim?

– O senhor. Líder da ODTI e dono da Humphrey Ltda. Ninguém estranhou?

– Quem disse que a empresa é minha?

– Não me venha com essa de que a empresa é de um parente seu. Não existe outro Humphrey em Washington nem nos arredores. Muito menos em Falls Church. Sei que a empresa é do senhor.

– E o que a senhorita tem a ver com isso?

– O senhor tem gente de confiança no governo.

– Como sabe?

– O governo americano está cheio de judeus. E está fazendo cada vez mais investimentos na indústria bélica. Não é difícil juntar as peças.

– O que está insinuando?

– O senhor não quer espalhar o judaísmo pela terra. Quer poder. E planeja chegar a isso por intermédio da religião. E da violência.

– *Mais uma vez* – seu tom se fez mais duro –, o que a senhorita tem a ver com isso?

– Quero a mesma coisa que o senhor. – Ela pôs os cotovelos na mesa. – Veja bem, os judeus são oprimidos e humilhados há séculos. Está na hora da vingança. Mas não é *só* disso que estamos falando, é? O que está em jogo aqui é poder, dinheiro. E com minha ajuda, Sr. Humphrey, a conquista será maior.

Guy ficou pensativo.

– A proposta me parece boa, Srta. Madison. Tenho de estudá-la. Pode me dar um prazo?

– O tempo necessário, senhor. – Levantou-se. – Pense bem no que lhe disse. Não tem nada a perder e muito a ganhar. – E saiu.

⌘ ♦ ⌘

Tão logo Rachel se retirou, Guy ligou o laptop, abriu um programa e digitou o nome da ruiva e viu os dados da garota.

Rachel Emily Madison. Nascida em 27 de setembro de 1998. Natural de San Juan, Porto Rico. Filha de Eric e Belle Madison. Sangue do tipo AB+. *Indispensável nos bancos de sangue.*

Viveu em San Juan até 2003, quando os pais se separaram. Foi morar com a mãe na Espanha. Em maio de 2014 a mãe morreu. Rachel decidiu se mudar para Washington em vez de voltar a San Juan, onde o pai atualmente mora.

Não havia nada que pudesse qualificar Rachel como ameaça a Guy. O problema eram os onze anos na Espanha. Quem garantia que não era espiã do governo espanhol?

Precisava do apoio do embaixador americano no país ibérico. Sorte que era "gente de confiança", como disse Madison.

⌘ ♦ ⌘

As sessões com a Sra. Volvoka continuaram a ser feitas na casa dela. Ivan gostava daquilo, pois assim se aproximava mais de Kátia. Afinal, era sua melhor amiga. Nos últimos meses, se tornara amigo de três ou quatro pessoas. Nenhuma o conhecia como Kátia.

Naquele dia se deu uma pequena surpresa. Kátia sempre estava sozinha quando ele chegava, mas hoje aparecera uma companhia. Uma companhia desconhecida.

– Oi, Ivan! – disse ao abrir a porta. – Você conhece Viktoria?

– Ahn, na verdade, não...

– Ok... Ivan, esta é Viktoria Dmitriev, a mais nova policial de Moscou e também minha mais nova colega da academia. Viktoria, este é Ivan Meyer, meu melhor amigo.

Viktoria sorriu. E seu sorriso o fazia lembrar-se dos sorrisos irresistíveis que algumas moças lhe lançavam nas festas quando queriam que desse em cima delas. No caso da nova garota, era só um sorriso de *prazer-em-conhecê-lo*. Tentador de igual maneira.

Ivan perguntou se a mãe de Kátia estava lá.

– Ficou presa no trânsito, vai chegar atrasada. Se quiser ficar com a gente, esteja à vontade.

Aceitou o convite. Kátia não disse à outra garota nada que ele já não soubesse – a faculdade de Teatro Musical, as aulas de dança, o sonho de ir para a Broadway. Contou sua vida: o alcoolismo do qual vinha se tratando, seu sonho de ser professor de História e muito mais.

Viktoria era dois anos mais velha. Pulara alguns anos de escola, o que justificava ser uma policial tão nova. Sempre morara em São Petersburgo, mas no mês anterior fora transferida para Moscou. Ela e Kátia se conheceram na academia.

O que chamou a atenção de Ivan foi Viktoria. Não era alta nem baixa. Tudo nela era parco: barriga, braços, pernas, seios, curvas. Parecia uma modelo. Sua voz era pausada, como se pensasse em cada palavra que dizia. Antes de falar, piscava duas ou três vezes. Seus lábios eram convidativos.

Viktoria lhe lembrava seu passado festeiro. Não sabia se isso era bom ou ruim.

A Sra. Volvoka chegou, desculpando-se mil vezes pelo atraso. Durante a sessão, não tirava Viktoria da cabeça.

⌘ ◆ ⌘

Quando Ivan foi para a sessão com sua mãe, Kátia continuou a conversar com Viktoria. Perguntava a si mesma se ela percebera as vezes que Ivan ficara olhando para ela. Por algum motivo, sentiu-se traída. Mas por que se sentiu assim? Não eram namorados. Nem gostava dele.

Tem certeza?, a vozinha em sua cabeça insinuou. *Cale a boca, vozinha irritante.* Ótimo, agora estava conversando com a própria cabeça. Talvez *ela* precisasse de um psicólogo, não Ivan.

Falou em seguida sobre Natasha e sua amizade com ela.

– Espere – disse Viktoria. – Ela fazia parte de quê?

– De um grupo judeu.

– Um grupo judeu que dizia que era a vez de se vingarem de todos que os oprimiram nos últimos milênios?

– É.

– Sabe mais?

– Só que é espalhado pelo mundo todo. Por quê?

Não respondeu de imediato. Mirou a imitação de *A Última Ceia* na parede, mas não a viu de verdade. E falou:

– Você disse que essa Natasha morreu naquele duplo atentado?

– Sim. Por sinal, Ivan foi um dos sobreviventes da explosão na boate.

– Sabe que ninguém identificou o autor nem a causa do atentado, não sabe?

– Sei. Um grupo de estudantes americanos assumiu o atentado.

Nada mais era do que uma piada de mau gosto.

– Mas você quer saber, não quer? Por que alguém atacaria tantos inocentes, como você, Ivan e Natasha?

– Claro que quero.

– Talvez possa ajudar.

– Sério?

– Aham. Tenho um amigo detetive que me socorreu reiteradas vezes. Gosto de realizar investigações paralelas às dos meus colegas, sabe? A gente sempre descobre algo mais que pode ser fundamental para resolver o caso. Não vejo por que agora não seria diferente.

Kátia abraçou Viktoria, murmurando um *obrigada*.

Onze

– Está toda suja, filha.
– Claro, mãe! Tive que pintar dois cenários inteiros!
– Você fala como se não gostasse.

Sua mãe tinha razão: Tessália adorava montar cenários, cuidar de maquiagem, de figurino... Essas coisas de teatro. Quando eram crianças, ela e Érica viviam brigando porque uma não entendia a escolha profissional da outra. Na cabeça de Érica, ninguém sequer prestaria atenção ao trabalho. Já para Tessália, diplomatas não tinham utilidade nenhuma. Quem se importava com os outros países?

Com as aulas de História, percebeu que o que acontecia lá fora era preciso, sim. E aos poucos entendeu a importância da diplomacia para manter a paz entre as nações. Enquanto isso, os filmes ensinaram a Érica o quanto um cenário, uma maquiagem e um figurino bem-feitos fazem toda a diferença. Uma passou a entender e apoiar os sonhos da outra.

Mas aí os pais de Érica morreram. E ela partiu sem dar explicações. Depois do Natal do ano anterior, não mais deu notícias. Não sabia se ainda estava na Alemanha. Nem sabia se ainda estava viva.

Não adiantava olhar na internet. Aparecia uma Érica Momani Santana, mas era morena e estudava Filosofia na Faculdade de Coimbra. E a fisionomia era a de uma garota com síndrome de Turner. Semelhança com a prima, somente no nome.

Se ao menos pudesse ir a Frankfurt... Seus pais não tinham dinheiro para bancar as passagens e não iria sozinha para outro país.

– Se a gente pudesse, querida – disse seu pai –, teríamos ido há muito tempo.

A herança do tio de Tessália foi entregue à Érica. Seu pai se recusou a receber qualquer coisa do irmão por herança. Sentia-se um hipócrita só de pensar em ganhar algo com a morte do irmão querido. Quando completasse dezoito anos, a prima teria toda a herança dos pais, o que era muito. Abriria mão de cada centavo se isso trouxesse os pais de volta.

A polícia estava investigando sem parar, mas não existiam suspeitos. Não acharam digitais na casa nem nas roupas usadas para asfixiar os tios. A única novidade era que tinham encontrado um sonífero poderoso nos corpos. Isso, contudo, não era de grande valia.

Tinha saudades da prima. Rezava para que um dia voltasse para casa.

⌘ ♦ ⌘

Sofia observava a distância. Uma jovem loira entrava em casa. Estava sozinha. Bateu duas vezes antes que Érica abrisse a porta.

– Perdão, quem é você?

Sofia não esperava que a garota fosse reconhecê-la, de qualquer modo.

– Meu nome é Sofia Zürichen. Agente da Europol, como você.

Érica estava surpresa. Afastou-se para que Sofia pudesse entrar. Sentaram-se. A anfitriã indagou se queria beber.

– Não. – E sem rodeios: – Vim lhe oferecer uma proposta.

– Como assim?

– Sei que trabalha duro. Ninguém na Europol trabalhou tanto quanto você até hoje. – Érica franziu a testa. – Sim, sei o que faz. O Sr. Klein e o Sr. Werner me disseram.

– Por quê?

– Para que pudesse ajudá-la. Essa é a proposta que lhe trouxe. Bem, a proposta é deles, mas você me entendeu.

Sofia explicou todos os pormenores da proposta. Érica ouviu tudo e ao final fez uma indagação:

– Por que estão me oferecendo ajuda?

– Não sei – mentiu Sofia. – Tentei arrancar alguma informação. Eram como dois túmulos ambulantes.

Érica ficou meditando antes de aceitar a proposta. Sem dizer mais nada, Sofia se retirou.

⌘ ♦ ⌘

Júlio César se sentou com a mãe, o celular na mão. A energia tinha caído na região onde moravam, e não havia como acompanharem as eleições pela TV. O que podiam fazer era esperar que Jaime ligasse assim que o resultado saísse.

Júlio estava aflito. Sabia que o sonho do pai era se tornar presidente e contribuir para o aperfeiçoamento do país. Já tivera bom desempenho como senador, em particular no combate à corrupção, e não pairavam dúvidas de que conseguiria mais se fosse presidente.

No final da tarde, o celular tocou. Era Jaime.

– Alô, pai?
– Você se expressou errado.
– Como assim?
– Era para ter dito *Boa tarde, senhor presidente*.

Pulou do sofá e ficou de pé. A mãe levou um susto.
– Quer dizer que voc... *o senhor* ganhou a eleição?
– Sim, filho!

Júlio colocou a ligação no viva-voz e pediu que o pai repetisse a notícia para que a mãe escutasse. Os três pularam de alegria. O sonho de Jaime tinha se concretizado!

⌘ ♦ ⌘

Mia pegou o táxi no aeroporto rumo ao hotel onde Ling trabalhava. Era um bom hotel, e um ótimo meio de se conectar com ela, Wu, Chang e Xiaoli. Quando chegou, um dos recepcionistas a reconheceu e disse:
– Mia Stravinsky? – Mia confirmou. – Há um recado para a senhora. Parece que a Srta. Wang faltará por motivos pessoais. Querem sua presença no apartamento o mais breve possível.

Mia pediu que sua bagagem fosse guardada e pegou outro táxi, desta vez para o prédio onde o quarteto morava. Ling devia ter bebido ainda mais do que o normal, mas por que isso seria motivo para ser chamada às quatro da manhã? A não ser que tivesse algo a ver com o pai de Chang... *Improvável*.

Chegando lá, Xiaoli abriu a porta às gargalhadas. Mia entrou. No centro da sala de estar, Ling se agarrava, aos prantos, à perna de Chang, que estava sentado.
– Começou faz pouco – disse Xiaoli entre uma risada e outra –, e lembramo-nos de que estava aqui. Não podia perder essa!

Mia se sentiu como se fosse parte daquela "família". Nesse momento, Ling gritou:

– Chang, meu amor! Por favor, diga que me ama! Vou *morrer* sem você!

– Não, Ling, isso não é verdade... Você não me ama... – Parecia que Chang falava com um cachorrinho.

Mia não aguentou e suas risadas se uniram às de Xiaoli e de Wu.

– Claro que te amo, Chang! Como não te amaria? Vamos ter um filho juntos! A Xiaoli e o Wu também vão ter; nossos bebês seriam quase irmãozinhos...

– Ling, não quero ter bebês... Você não quer... Por favor, se acalme...

– Não, Chang! – O tom de Ling era desesperado. – Não me deixe, Chang, por favor... Se você me deixar, eu me jogo dessa varanda!

Chang pediu ajuda.

– O que faço com essa louca?

– Beije-a – sugeriu Mia.

– O quê? Ela vai só piorar! Sei lá... Deem uma pancada na cabeça dela para ver se desmaia!

– E aí você me acorda com um beijo, que nem na história da Bela Adormecida?

– Não, Ling! Você não é a Bela Adormecida, não sou seu príncipe, e você *não me ama*!

Wu e Mia se aproximaram de Ling e a agarraram pela cintura e pelas pernas. Previsivelmente, pôs-se a gritar e segurou a perna de Chang com mais força.

– Não! Não me levem para longe dele! Ele é tudo o que eu tenho! Não, não, não!

– Ling, solte a minha perna!

– Diga que me ama, Chang; diga que me ama!

– Os vizinhos não reclamaram? – perguntou Mia a Wu e a Xiaoli, que agora tentava arrancar os braços de Ling da perna de Chang.

Wu balançou a cabeça.

– Não duvido que alguém interfone e diga que não pode dormir com esse berreiro.

Após muita força e muitos gritos, os três separaram Ling de Chang, que seguiu para seu quarto, onde se trancou. Ling mexia as pernas freneticamente ao ser carregada. Quando caiu no sono, Wu disse a Mia:

– Não descobrimos mais nada sobre o sumiço do pai de Chang.

– Tudo bem – acrescentou ela. – Vim a Pequim interrogar o presidente.

⌘ ♦ ⌘

Vai ser estranho fazer isso sem o Daniel, pensou Thiago enquanto ele, Lisa, Tessália e Lúcia iam ao Instituto Peter Pan.

Era Dia das Crianças, e desde que tinha dez anos Thiago ali cantava para as crianças com câncer. Sua voz era bonita, e era assim que sua mãe o incentivava a amparar os necessitados. Antes, além de Lúcia (era a primeira vez que Lisa e Tessália iam), ele ia com Érica e Daniel e, três anos antes, com Magali. Agora, com Érica "desaparecida", Daniel num intercâmbio de seis meses na Nova Zelândia e a irmã mais velha em Brasília, o passeio lhe era estranho. Lúcia era sua amiga, mas não tanto quanto Érica e Daniel; e a presença de Tessália parecia uma tentativa fracassada de substituir a melhor amiga.

Já faz mais de um ano que foi embora. Está mais do que na hora de seguir em frente. Era o que vinha fazendo desde que Érica partira. A saudade era grande, porém ele tratava de esquecer. Estava funcionando. *Só preciso ser racional... Como ela.*

– Sabe o que vai cantar este ano? – A pergunta de Lúcia interrompeu seus pensamentos.

– Não sei... Tem alguma sugestão?

– Que tal aquela música que você, a Érica e a Magali viviam cantando quando eram menores... Acho que é do filme *Mulan*.

Thiago não precisou de esforço para se lembrar.

– *Não Vou Desistir de Nenhum*! – Aquele tinha sido o hino de sua infância. Ainda achava a música emocionante.

Lúcia sorriu.

– É só pular os versos dos guerreiros. Não é difícil.

Não, não era difícil. Seria mais fácil se seus amigos estivessem ali.

– Sei que você queria que a Érica e o Daniel estivessem aqui.

– Você lê mentes agora?

Lúcia riu.

– Se você cantar mal, conto ao Daniel, e ele vai te enforcar.

– Sem pressão – disse Thiago.

Eles entraram no instituto. As crianças os esperavam. Thiago se apresentou e perguntou quem já tinha visto *Mulan*. Algumas crianças levantaram a mão. Sorrindo, desatou a cantar.

⌘ ♦ ⌘

Tendo sido revistada dos pés à cabeça, Mia entrou no gabinete do presidente chinês. Era um senhor de seus oitenta anos. Dois guardas o vigiavam, mas os dispensou. Eles protestaram.

– Quem garante que é digna de confiança? – questionou um deles.

O presidente ergueu a mão.

– Vocês quase tiraram a roupa da garota na revista. E ela é mais confiável do que muitos de vocês, a quem cabe cuidar da segurança deste país.

Os guardas baixaram a cabeça e saíram, encabulados. Mia se atreveu a dizer ao presidente:

– Não tinha que ser tão duro.

– Não conhece os guardas daqui. São teimosos. E são capazes de me irritar, e um homem como eu não pode se dar ao luxo de ficar estressado. Até porque sou o presidente. Mas não estamos aqui para discutir sobre meus guardas ou minha saúde, estamos?

– Não, senhor presidente. Vim fazer-lhe algumas perguntas acerca de Mao Lin.

Ele se recostou na cadeira.

– O que quer saber? Direi tudo o que for preciso para encontrar meu amigo.

– Fico feliz em saber que posso contar com sua ajuda. Vamos começar. Há quanto tempo são amigos?

– Desde meus dez anos, creio. Ele estava brigando com um gordão, e o ajudei a ganhar a briga. Desde essa época somos grandes amigos.

Mia prosseguiu nas perguntas. O presidente foi além do que tinha sido indagado; ela gostou daquilo. Quando quis obter algo sobre a doença de Mao, todavia, demorou a se manifestar.

– Senhor? Sei que isso deve ser um assunto delicado, mas é muito imp...

– Não é isso. A verdade é que... Mao não tinha doença alguma.

– Como assim? O próprio filho contou que havia anos ele sofria de uma doença mental horrorosa, além de ter bebido e fumado. Chang foi expulso de casa depois de um ataque.

– Ele pediu que não contasse isso a ninguém. Era tudo mentira. Os vícios, a doença, os ataques de loucura, inclusive a expulsão do filho de casa... Ele armou para que Chang o odiasse e não fosse atrás dele. Pelo visto, não foi como desejava.

⌘ ♦ ⌘

Mao não pensava em outra coisa naquele momento. Nem no cativeiro, nos sequestradores nem no porquê de estar ali. Sua mente era voltada com exclusividade para Chang. Rezava para que ele imaginasse que o pai fugira ou se suicidara. Assim jamais iria à sua procura. Jamais descobriria a verdade. E, se descobrisse, não sofreria tanto.

Aos poucos, como vinha acontecendo durante quase dois anos, desde que fora parar naquele cômodo úmido e escuro, os pensamentos sobre Chang desapareceram e as lembranças insistiram em vir à tona. Lembranças de uma época turbulenta...

Pequim, 1993. Mao trabalhava no jornal oficial do país. Como melhor amigo do presidente, sabia tudo a respeito do governo. Como amigo leal e fiel, não revelava nada a ninguém.

Existem vários motivos para uma pessoa sair de seu país de origem e ir para outro, mas Mao não compreendia por que tantos judeus vinham à China (ilegalmente, por sinal). Não tardou a desvendar o que eles faziam lá. O presidente o procurou para desabafar:

– Esses judeus não vão descansar enquanto eu não ceder!

O presidente contou a Mao que os judeus queriam a China como sua aliada em seus "negócios". Ele sempre recusava; tinha princípios, e um deles era não se meter nesse tipo de coisa.

– Principalmente envolvendo todo o povo chinês – disse ele. – Esses judeus são insistentes. Não vão desistir tão cedo.

E não iam. Posteriormente, um casal judeu procurou Mao para tentar convencer o presidente a ceder. Mao recusou. O casal continuou insistindo, e Mao não deixou de recusar. Em algum momento, os dois perderam a paciência e ameaçaram sequestrar a esposa de Mao e matá-la. Mao ficou apavorado e contou ao presidente. Este mencionou, de passagem, que os judeus lhe haviam feito idêntica ameaça e nesse caso a vítima seria o próprio Mao.

Mao não sabia mais o que fazer. De um lado, seu melhor amigo; do outro, sua esposa. Encontraria uma saída, e rápido.

Num belo dia de agosto, teve uma ideia. Sentou-se diante de sua escrivaninha e escreveu seu artigo para a edição seguinte do jornal: *A China e os Outros Países*. Nele, defendia o fechamento do país para os EUA e nações aliadas a ele, mas se apresentava a favor do comércio com os demais países, dando ênfase especial a Israel. Dizia que, apesar do apoio financeiro e militar americano, os israelenses eram, secretamente, simpáticos aos chineses e, por isso, os dois países deveriam ter boas relações comerciais e diplomáticas. Aquilo era invenção de Mao, claro.

Em circunstâncias normais, o artigo seria censurado, Mao iria para a cadeia e seria taxado de maluco pela sociedade. Mas as circunstâncias estavam longe de serem normais. Aquele artigo, Mao acreditava, livraria os dois amigos e a esposa. O presidente, por crer tanto quanto Mao, autorizou sua publicação.

A despeito das polêmicas que o artigo causou, tudo parecia ter se encaminhado bem: os judeus residentes na China debandaram. Durante os onze anos subsequentes, Mao pôde respirar em paz.

Foi quando o ano de 2004 se anunciou. O presidente foi à casa de Mao.

– Estão nos pressionando de novo – declarou o presidente. – Disseram que não darão segundas chances.

Mao convenceu o amigo de que não constituía perigo recusar, mas no fundo sabia que a verdade era outra. Ele e o presidente haviam se esquecido da ameaça dos judeus de sequestrar e matar Mao. E agora o tempo se esgotara.

Na época, Chang tinha dez anos. Sua esposa falecera de câncer de pele oito anos antes. Seu filho era maduro. Mao lhe tinha ensinado o que havia para ensinar; seu papel como educador já fora cumprido. Assim, tomou a decisão mais dura de sua vida: fazer Chang afastar-se dele.

Mao se entregou ao álcool e ao cigarro. Ou melhor, fingiu se entregar. Ia ao bar e fingia estar bêbado ao voltar para casa; por vezes fez o filho flagrá-lo com um cigarro na mão. Para garantir, fingiu enlouquecer. Tinha falsos surtos de esquizofrenia, fingiu ser bipolar e passou a dizer frases e palavras incoerentes na frente do filho. Chang se distanciou do pai e passou a ter raiva dele. Mas o objetivo de Mao era maior: queria que o filho o desamasse e fugisse de casa. Percebeu, todavia, que Chang o amava demais para deixá-lo à mercê da própria sorte. Tomou outra dura decisão.

Chegara 2011. Chang havia cumprido dezessete anos. Mao, tendo ensaiado durante meses em frente ao espelho, fingiu o pior surto de loucura que tivera. Em seus "delírios", expulsou o filho de casa, gritando que ele era um inútil e que não o deixava curtir a vida.

– O inútil aqui sou *eu*? – gritou Chang em resposta. – O chato que não deixa ninguém curtir a vida sou *eu*? Fui *eu* que o amparei nos seus ataques, fui *eu* que comprei seus remédios, sua comida, suas roupas... Tudo o que é seu fui *eu* que comprei! Era *eu* que cuidava da sua saúde quando você adoecia! Fui *eu* que paguei as contas por você! Fui *eu* que cuidei do seu dinheiro para que ninguém o roubasse!

– E ainda por cima rouba meu dinheiro... – Mao sabia que Chang dizia a verdade. Doía aquilo, mas era a coisa certa.

– O quê? Ah, quer saber? Você tem razão. Eu não pertenço a este lugar... Eu me sacrifiquei demais para ser tratado desse jeito! – Eram suas últimas palavras antes de partir: – Não conte comigo quando bater as botas.

Quando Chang estava tão longe que não poderia escutar, Mao irrompeu no choro. Chorou a noite inteira. Durante semanas, tudo o que fazia era chorar. Sabia que não veria o filho outra vez, mas era melhor assim. Se Chang o detestasse e pensasse que ele era um louco, lidar com sua ausência seria muito mais fácil.

Os dois anos seguintes foram de medo e tensão. O presidente estava inconsolável e, para tentar se redimir, contratou todos os serviços de segurança que existiam para proteger o amigo.

– Devia ter cedido quando pude – lamentou-se certa vez. – Agora você corre perigo. Não me perdoarei se algo acontecer a você, Mao.

– Não – retrucou o velho chinês. – Em *hipótese alguma* se junte a eles. Esses judeus não são boa gente. Se ceder, toda a China estará em risco! Quem garante que vão nos poupar?

– Se eu não ceder, seremos os primeiros!

E a conversa findou por aí.

Por diversas vezes Mao ficou pensando se todos os judeus eram assim. Sempre que esse pensamento o assaltava, ele sacudia a cabeça, tentando afastá-lo. No auge do socialismo no país, havia muitos chineses que não eram comunistas. Por que todos os judeus haveriam de ser maus?

Em janeiro de 2014, Mao insistiu em ir ao McDonald's sozinho, sem guarda-costas. Na volta, sentiu um pano molhado cobrindo-lhe o nariz e a boca. E adveio a escuridão.

Estava num espaço minúsculo, escuro, frio e úmido. Tateou toda a área e não encontrou nenhum móvel. A porta estava trancada. De vez em quando, um homem a abria, trazendo comida e água. Mao aproveitava para descobrir o que pudesse sobre seu cativeiro.

O chinês estava no subsolo de alguma cidade no norte dos EUA. Os judeus, agora no poder, cumpriram a ameaça feita vinte e dois anos antes.

Vinte e dois anos... Desde aquele tempo os judeus tramavam uma conspiração? Contra quem? E por quê?

Se o presidente não estivesse equivocado, os chineses estariam em apuros logo, logo. Inclusive Chang. Mao tremeu. Se seu filho fosse capturado pelos judeus, todo o seu esforço teria sido em vão, e ele teria falhado em seu dever de protegê-lo.

Seus pensamentos foram interrompidos pelo que julgou ser o homem da comida. Mas era outro homem. Ele o tirou da cela e o conduziu por vários corredores.

A esperança invadiu Mao, e o medo também. Seria solto? Ou estaria sendo levado para a morte?

Doze

Chegando ao prédio da ODTI, Rachel se dirigiu ao escritório. Guy não estava lá, como previa. Era assim: de manhã, ficava na ODTI. À tarde, no prédio da Humphrey Ltda. Os funcionários de lá não sabiam que Guy era presidente da ODTI. *Bem, os de cargos altos sabem.*

Metade dos grandes conspiradores da ODTI tinha postos elevados na fábrica de armas. A outra metade exercia alguma função na política americana. Senadores, secretários, embaixadores... O restante da ordem pregava sua mensagem fanática de *a-hora-da-vingança-chegou* e blá-blá-blá. Claro que Israel era o alvo maior dessa pregação.

Acomodou-se na cadeira de Guy, girando-a enquanto pensava no que fazer. Parou quando estava ficando tonta. Pelo menos a porta estava trancada. Não corria o risco de alguém vê-la girando na cadeira como uma retardada. *Ia ser legal. A secretária do chefe deles era uma idiota que ficava girando na cadeira como se não tivesse tido infância.*

Quando a tontura passou, abriu as gavetas à procura de algo interessante para ver. Numa havia duas pastas: uma com arquivos de reféns e outra com arquivos de eliminados. Folheou a primeira, quase vazia. A segunda estava cheia. A ODTI vinha silenciando as pessoas desde 2001 – *algo a ver com o 11 de Setembro?* Algumas histórias despertavam interesse.

A do ex-presidente do Banco Europeu e a de um árabe chamado Hakem *seja-lá-como-se-escreve-o-sobrenome*, por exemplo. Havia antigos membros da ordem, como uma Natasha. *Uma adolescente russa de dezessete anos... Que perigo poderia representar?* Rachel franziu a testa. Tentou ler o arquivo com mais atenção, mas uma dor de cabeça violenta a atingiu de repente. Guardou as pastas na gaveta, tomou Tylenol e foi respirar um ar puro.

⌘ ♦ ⌘

Chang saiu da prova inquieto. Pensava já estar habituado aos rígidos testes da faculdade, e lhe parecia que ficavam cada vez piores. *Será que não estou estudando o bastante?*

Se parasse de trabalhar, teria mais tempo para os estudos, mas não podia fazer isso. Uma das regras que ele, Ling, Xiaoli e Wu estabeleceram quando compraram o apartamento era que todos deveriam colaborar nas despesas. Chang não teria como cumprir essa regra sem o emprego. *Se bem que Wu e Xiaoli entenderiam...* O problema era Ling. A Ling antiga concordaria, mas a atual (bêbada ou alcoólatra, tanto faz o nome) reclamaria. *E ninguém pode culpá-la. É a regra número um do apartamento, afinal de contas.*

Foi direto para casa. Desde o episódio intitulado *Amor da Madrugada* (leia-se *Ling* Bêbada Diz que Ama Chang às Quatro da Manhã), parara de dar uma passada pelos bares da redondeza para ver se ela estava bem. Temia que tivesse outro... ataque. Xiaoli, Wu e Mia haviam sido espectadores; não era preciso que estranhos vissem a reprise.

Lembrar-se de Mia o fez pensar na investigação. Naquele mesmo dia, ela tinha ido entrevistar o presidente. Quando ele e

Wu tentaram falar com ela, não atendera. No dia seguinte, disse que iria analisar o que o presidente tinha dito para então lhes contar. Chang pressentia que coisa boa não era. *Espero que ainda esteja vivo.*

⌘ ◆ ⌘

– Mãe, cadê o pai? É hora do jantar!
– Deve vir a qualquer momento!

Linda suspirou. O trânsito de Washington estava cada vez pior. Diziam que em Nova York era pior. Se fosse verdade, dava graças a Deus por não viver lá.

Meia hora se passou, e o marido não aparecia. Ela e Jude estavam morrendo de fome e decidiram começar o jantar. Daniel iria compreender.

Estava com o garfo a caminho da boca quando ouviu um estrondo, o som de uma porta sendo aberta com raiva. Seguiu-se um grito:

– JUDE!

O filho ergueu-se na hora, assustado; Linda se levantou no exato instante em que Daniel entrou na cozinha, onde jantavam.

– Que história é essa de você ser gay? – Ele vociferou. – *Exijo explicações!*

Jude abriu a boca para dizer que não era gay, que era apenas um boato, mas Daniel continuou:

– Isso é uma *desonra*! Pecado *mortal*! Devia ser *crime*! Um filho meu *não pode* ser gay! *Explique-se*, Jude, e é melhor que seja tudo uma mentira, senão você *não é mais um Potter*!

Linda assistia à cena horrorizada. *Aquele* era o Daniel com quem se casara? *Não pode ser. Meu Daniel é amoroso, gentil e um pai admirável. Não renegaria o próprio filho só por causa de sua escolha sexual... Não, não pode ser meu marido...* Mas era ele, sim, vociferando contra Jude e, naquele exato momento, contra ela:

– E *você*, hein, Linda? *Sabia* disso, não sabia? E *escondeu* de mim! Aposto que esse menino é filho de outro! Não pode ser do meu esperma, um gay... Você me desonra tanto quanto ele! *Vadia*!

A expressão de seu filho foi de assustada para... Não sabia o que seu rosto expressava. Raiva? Indignação? Ódio?

– Não chame minha mãe de vadia, *bastardo*!

Daniel fechou os punhos. Bastardo era a maior ofensa que alguém poderia dirigir a ele. *Não me surpreende.* Aos doze anos, quando morava em Columbia, soube que era filho de uma traição da mãe. Não somente ele, toda a cidade descobrira. *Ser chamado de bastardo deve lembrar-lhe de quem é, e tem vergonha disso.*

– DO QUE ME CHAMOU?

– Ouviu bem – disse Jude. – *Bastardo*. É o que você é, não é? Assim como sou o que sou. – Não disse que era gay, tampouco que não o era. Aonde queria chegar? – Não podemos negar o que somos...

– Como se *atreve* a falar comigo assim? Sou seu *pai, poço de desonra*!

– *Agora* é meu pai! Minutos atrás eu era um *bastardo* igual a *você*!

Daniel perdeu a paciência. Linda viu o murro que o marido deu no nariz do filho; este caiu no chão. Foi socorrê-lo e levou um tabefe na cara.

– Isso é para aprender a *não me trair mais*! – Virou-se para Jude. – Tem razão, *veado*, você é um *bastardo*! – E socou sua barriga.

– Pare, Daniel! – gritou Linda. – Pare, por favor! Pense no que está *fazendo*!

– CALE A BOCA, VADIA!

– *Já disse para não chamar minha mãe de vadia, bastardo!*

Jude deu um pulo e empurrou o pai. Daniel cambaleou para fora da cozinha e caiu por cima da mesinha de centro, quebrando-a em pedacinhos. Naquele instante, Linda percebeu que a porta da frente ainda estava aberta.

– Corra, Jude – disse num tom baixo para que Daniel não ouvisse.

– Avise sobre seu pai. Rápido, antes que ele se levante.

Jude vacilou um pouco. Desafortunadamente, quando estava perto da porta, Daniel, num movimento rápido, pegou um vaso que decorava o móvel da TV e o atirou sobre o garoto, atingindo-o na cabeça. Jude gemeu de dor.

– Jude! – Linda o abraçou. Virou-se para Daniel. – Louco! Olha o que fez com nosso filho!

– Ele não é meu filho *porra nenhuma*! Se fosse não seria *fag*!

Sua vontade era bater nele, mas sabia que não lhe convinha fazê-lo. O empurrão que Jude lhe dera tinha sido de bom tamanho; quem daria ouvidos a uma denúncia de agressão se *os dois* o agredissem de volta?

– Se ele não é seu filho, não sou sua esposa – disse com a voz mais calma que conseguiu. Levantou Jude (meio tonto) e o conduziu para fora.

Daniel percebeu o que ela queria fazer e pegou o primeiro objeto que encontrou, um porta-controle. Quando o arremessou, Linda correu para fora e fechou a porta. Ouviu o impacto do objeto contra a madeira. Segurou a mão de Jude e os dois correram. Pararam mais adiante.

– Sra. Levi! – chamou Linda. – Christine! – Christine Levi era a amiga mais próxima que Linda tinha naquela rua. E seguramente os ajudaria.

Passou-se meio minuto e a mulher de quarenta anos apareceu na soleira da porta.

– Linda? Jude? O que aconteceu?

– Por favor, Christine, deixe-nos entrar... Rápido!

A Sra. Levi abriu mais a porta, e os dois entraram na casa. A vizinha se sentou no sofá, onde Jude já estava.

– Está bem? – dirigindo-se ao garoto.

– Vou ficar – disse com a voz fraca. – Posso descansar em algum lugar, Sra. Levi? Vou ficar bem com um descanso.

– Claro, querido. – Christine segurou o braço esquerdo de Jude enquanto Linda segurava o direito. – Vamos levá-lo ao quarto do meu filho. Ele foi a uma festa; não vai estar aqui tão cedo.

Quando colocaram Jude na cama e saíram, Christine manifestou curiosidade quanto ao que tinha acontecido. Linda contou tudo, dos boatos acerca da sexualidade do filho ao momento em que fugiu de casa. A vizinha ofereceu sua casa para os dois ficarem até que tudo se resolvesse.

– Obrigada, Christine, mas ficaremos só por essa noite. Não é seguro.

– Entendo. Devemos chamar a polícia. Só Deus sabe onde Daniel está agora.

Christine ligou para a polícia. Linda subiu até onde seu filho estava. Jude dormia tranquilamente, como se nada tivesse acontecido. Desejava que pudesse acordar e ver que aquilo tinha sido unicamente um pesadelo. *Mas não*, pensou Linda. *Foi real. Daniel é um monstro, um monstro. Que pai faria uma coisa dessas com seu único filho?*

Talvez fosse por isso que Jude não desmentiu o boato. *Não deve ter reconhecido o pai. Deve ter concluído que, se contasse a verdade, não o veria como é. Agora sabe. Eu sei. E iria pedir o divórcio o mais rápido possível. Quem desonra o nome Potter não é meu filho, nem eu. É Daniel.*

⌘ ♦ ⌘

O sol despertou Iasmim, como sempre. Não quis colocar cortinas na janela, e pôs sua cama ao lado desta. Por causa disso, era sempre uma das primeiras a acordar no condomínio.

Criara para si um ritual matinal de observar o movimento da rua que ficava atrás do prédio. Às sete horas havia sons de buzinas, de motores acelerando e de gente conversando. Os carros usavam aquela rua para se desviar da avenida adjacente, que àquela hora estava sempre congestionada; as pessoas iam a caminho de seus empregos. Às cinco e meia, a rua era quase deserta, exceto por um ou outro passante, e os estabelecimentos estavam todos fechados.

Pôs-se a brincar no parapeito da janela com um urso de pelúcia. Encontrara-o ao arrumar a bagunça das gavetas. Não se desgrudava dele.

De repente, o ursinho escorregou de suas mãos e caiu. Iasmim soltou um gritinho de susto. Acompanhou a queda do bichinho, que terminou na calçada. Pulou da cama e trocou de roupa rapidamente. Tinha que recolher o urso antes que alguém se apossasse dele.

Desceu as escadas (não havia elevador) e seguiu para a rua detrás. Tranquilizou-se: o ursinho estava lá. Quando resolveu voltar, uma mão segurou seu braço esquerdo. Era um homem. Não é um estranho, lembrou-se. Foi o homem que me disse que

Mahara é uma traidora. Pensou em sorrir, mas ele lhe deu um soco na barriga, fazendo-a cair. Na queda, o ursinho rolou para o lado.

O homem se abaixou e lhe deu outro soco, mais forte. Iasmim não conseguia se mexer. Ele se aproveitou disso e arrancou sua blusa, rasgando-a. Tentou gritar e ele socou sua boca. Sentiu desgosto, medo e desespero.

⌘ ♦ ⌘

Mahara acordou cedo naquela manhã. Após se arrumar, foi checar o que se passava lá fora. Foi quando viu algo inesperado.

Iasmim estava no chão da calçada. Um homem estava em frente a ela. Ele puxou sua blusa fora. Mahara entendeu o que estava ocorrendo. Foi ao guarda-roupa e abriu a primeira gaveta. Ali estava o kit de emergência. *Isso pode complicar minha situação um pouquinho, mas há coisas mais importantes em jogo agora.*

⌘ ♦ ⌘

Antes de tirar o sutiã, o homem preferiu desabotoar sua calça. Estava só de calcinha e sutiã quando ouviu uma voz dizer:

– Largue-a.

Reconheceu a voz. Mahara. Virou a cabeça e o homem fez o mesmo.

Essa não é Mahara. Não pode ser. A mulher usava jeans escuros e uma jaqueta vermelha de manga longa que cobria a blusa por inteiro. Os cabelos loiros e lisos estavam pela primeira vez à mostra. Era o rosto que a identificava.

Surpresa com o que via, só percebeu que o homem ainda a segurava quando Mahara disse:

– Largue-a! Se eu tiver de dizer isso mais uma vez, vai se lamentar.

O homem riu e falou pela primeira vez desde que aparecera ali:

– O que fará?

Do bolso da jaqueta, Mahara tirou um revólver. Destravou-o e mirou nele.

– Serve? – lançou a pergunta com sarcasmo e desdém.

O homem soltou Iasmim e recuou.

– Isso. Vá. *Agora*.

O cara obedeceu. Mahara guardou o revólver no bolso da jaqueta e se aproximou de Iasmim. Agachou-se a seu lado.

– Dói muito?

– Mais ou menos. Ele me socou na barriga e na boca. Sinto como se meus dentes tivessem recuado.

Mahara pegou a calça.

– Consegue se vestir sozinha?

– Sim.

Enquanto Iasmim vestia a calça, a loira tirou a jaqueta, revelando uma blusa branca lisa com mangas curtas por baixo.

– Tome. Vai servir melhor do que meia blusa. – Virou-se para o urso de pelúcia. – É seu?

– Sim. Vim aqui porque despencou do meu apartamento.

– Bem, espero que ele seja permanentemente grato a você por isso. – Entregou-lhe o ursinho. – Tem nome?

– Não que me lembre.

– Devia chamá-lo de Precioso.

– Parece adequado.

Um silêncio desconfortável se seguiu.

– Como me encontrou? – perguntou Iasmim.
– Acordei mais cedo e fui dar uma espiada pela janela.
– E como veio tão rápido?
– Sabe aquelas janelas que existem em cada andar nas escadas? Pulei a do segundo andar.

Iasmim partiu para a próxima de suas perguntas:
– Que roupas são essas? Pensei que você...
– Gostasse de *hijab*? Não tem nada a ver com gostar ou não da roupa. Isto aqui – apontou para a roupa que vestia e para a jaqueta – é meu kit de emergência. É mais rápido vestir jeans e camiseta do que um *hijab*.
– O kit inclui a arma?
– É a parte *principal* do kit.
– E o cabelo loiro? Parece mais europeu do que árabe.
– Coisas assim costumam acontecer quando se nasce na Europa.
– Mas você não veio da Turquia?
– Sim, e uma grande porção do país fica na Europa. Os livros de geografia sírios não mostram isso?

Pelo visto o cara coagiu meu cérebro.

– Por que me ajudou?

Mahara ergueu as mãos em defensiva.

– Desculpe o engano. Não me parecia que você estava ganhando.
– Não foi isso que quis dizer! É que... Você me odeia.
– Quem me odeia é *você*. Além disso, você ia ser *estuprada*. Seria tão criminosa quanto aquele homem se tivesse visto tudo acontecer sem fazer nada.

Iasmim estava envergonhada. Não podia mais odiar Mahara, nem se quisesse. Tinha acabado de salvar sua vida. *Possivelmente nem é espiã nem nada do tipo. Aquele louco queria ganhar minha confiança.*

– Obrigada.

Mahara lhe estendeu a mão, para que se levantasse. Iasmim o fez, e as duas caminharam de volta ao condomínio.

– Sabe – disse a loira quando viraram a esquina –, quando me chamou de espiã...

– Desculpe por isso.

Ela ignorou o pedido de desculpas.

– Estava procurando a pessoa errada. O espião é o seu estuprador.

– Estranho... Foi ele que me disse que você era uma espiã.

– Você conversou com ele ou prestou atenção nele depois dessa fofoca?

– Não. Raramente o via.

– Quando fui aos Estados Unidos com Jamil, em maio, vi um homem com a mesma fisionomia. Decidi investigá-lo... Ele não é muçulmano. É judeu.

Iasmim não precisou de mais nada para encaixar as peças.

– É da Ordem.

– Sim.

As ruas começavam a lotar.

– Por que não contou a Mohammed?

– Era mais provável que suspeitasse que eu fosse a espiã e que estava tentando jogar a culpa em outra pessoa. Iria suspeitar que você tinha razão.

Fazia sentido.

– Agora tem a mim. Como fui eu que a acusei de espionagem, ele não duvidará que você diz a verdade. – Iasmim parou de andar e estendeu a mão para Mahara. – Parceiras?

Mahara apertou sua mão.

– Parceiras.

Treze

— Ela pertencia a um grupo judaico – disse Viktoria. – *Ordem* seria o termo adequado. Ordem das Doze Tribos de Israel. É esse o nome do grupo.

— O que sabe sobre essa... ordem? – perguntou Kátia.

Viktoria tomou mais água e colocou o copo sobre a mesinha de centro. Estavam na sala do apartamento de Kátia. Ivan não estava lá por causa de uma consulta com a Dra. Volvoka.

— Muito. Você tinha razão. A Ordem se espalhou por toda parte. Tem duas sedes: uma em Jerusalém, outra em Washington, onde o líder mora. Essa Ordem surgiu no início dos anos 1990. Poucos não membros ouviram falar dela, e há duas opções nesse caso: ou a pessoa está sendo convencida a se juntar a ela ou sua vida está sendo afetada por ela. Os líderes sempre fizeram de tudo para manter a Ordem em segredo. Sempre que um judeu sai da Ordem (o que não é raro de ocorrer quando percebem a verdadeira mensagem que ela prega), assina algo para não contar a ninguém a seu respeito. Em 99% dos casos, funciona.

Kátia prestava atenção a cada palavra de Viktoria sobre a Ordem:

— Os membros da Ordem dizem querer pregar o judaísmo no mundo e conquistar mais fiéis, mas o real objetivo é o que Natasha lhe dizia: a vingança dos judeus contra o mundo. Parece coisa de radicais, com a qual a maioria não concorda...

Muita gente, porém, entrou nisso. O pessoal tem talento para convencer as pessoas.

– Isso parece Hitler – disse Kátia, arrepiando-se. – O que isso tem a ver com a morte de Natasha ou com os atentados?

– *Tudo* a ver, minha cara. Foi a *Ordem* que comandou o duplo atentado. E adivinhe quem era o alvo? Uma jovem chamada *Natasha Danilovich*.

⌘ ♦ ⌘

A tarde estava ensolarada. As nuvens que apareceram de manhã, ameaçando atrapalhar o dia com sua chuva, tinham passado.

Lúcia estava na Livraria Cultura com Thiago e Tessália. Ali dentro, não dava para ouvir o som das buzinas da avenida, o que era bom. Tessália dava uma olhada nos últimos lançamentos e Thiago vasculhava as prateleiras atrás do *Guia do Mochileiro das Galáxias*.

– Um amigo da Magali me indicou esse livro há uns dois meses – explicou ele. – Todos dizem que é excelente.

Lúcia perambulou aleatoriamente pelos corredores. Viu-se lendo as contracapas e as orelhas de romances... *Como Érica diria?*... melosos. Tessália percebeu.

– Apaixonada, é?

– Nos seus sonhos.

– É Thiago ou Daniel?

Ao ouvir o nome de Daniel, Lúcia girou a cabeça para fitar Tessália.

– De onde tirou isso?

– Você não costuma ficar olhando livros românticos. Céus, olha para o que está segurando: *Nicholas Sparks*!

Lúcia olhou o exemplar de *Querido John* que segurava. *O que deu em mim?* Deveria estar consultando o preço de um livro de *terror*, não um *romântico*.

– Admita, Lúcia. Quem é?

Ela não levantou a cabeça.

– Daniel. Sinto muita falta dele.

– Eu sabia!

– Cale a boca.

– Por favor, Lúcia, não banque a Érica e todo aquele papo de *eu-sou-fria-e-racional-demais-para-me-apaixonar*. Você *não é* assim.

– Não é disso que estou falando. E não quero que Thiago escute. Ele pode contar ao Daniel... E não sei se isso é uma boa.

– Ainda acha que ele gosta da Érica?

– Ele *nunca* gostou dela, *sei* disso. Estava bêbado.

– E se tivesse, não teria como ainda gostar. Faz um ano e meio que a menina não dá sinal de vida.

Lúcia se lembrou de como tivera esperança de continuar falando com Érica quando se mudasse para Frankfurt. Enganara-se. *Como estará agora? Será que ainda pensa na gente? Será que sente falta de Fortaleza ou agora chama a Alemanha* (ou seja lá onde esteja morando) *de lar?*

– Diga isso ao Thiago.

Tessália não respondeu.

Se Lúcia sentia falta da melhor amiga, Thiago era pior. Afinal, ele gostava dela. E *muito*. Talvez a *amasse*. Estava, porém, tocando a vida sem ela.

– Algo de que sempre gostei na Érica é que pensa com o cérebro, não com o coração, entende? – Disse uma vez. – Decidi que talvez devesse seguir o exemplo dela. E não é que funciona?

Era um ótimo sinal e um exemplo a seguir. Se o garoto que era *apaixonado* por Érica podia seguir em frente, por que *ela* não poderia? Principalmente levando-se em conta que Thiago conhecia Érica havia mais tempo do que Lúcia.

Ela guardou o livro na estante e subiu as escadas. Esperava não flagrar a si mesma segurando um CD do Justin Bieber.

Não foi do Justin Bieber. Foi o mais novo lançamento do One Direction, com uma faixa bônus ao vivo e uma escondida.

⌘ ◆ ⌘

Nevara no dia anterior. As nuvens impediam que o sol derretesse a neve. Ivan caminhava na floresta semiaberta. Viu então uma garota sob uma árvore, lendo. Acercou-se dela.

Mesmo de perto, não lia o título do livro, que tapava o rosto da menina. Agachando-se, Ivan chamou:

– Moça? Moça? – Ela não respondia. Era como se estivesse falando com a árvore, não com a garota. Sem pensar, abaixou o livro.

O rosto da menina era cinzento, quase preto. Seu maxilar estava quebrado no canto esquerdo; era possível ver o osso se projetando para fora. O olho direito dava a impressão de querer cair. A boca estava aberta, como num grito. O nariz estava amassado, partido ao meio. Olhando para baixo, Ivan viu que seus braços estavam se desfazendo em cinzas.

Cinzas?

A face dela começava a se desfazer, exibindo os ossos que resistiram ao fogo. O cabelo não existia mais. Intuitivamente sabia quem era.

Natasha!

Na cama, arfando, contou até dez. É somente um sonho. Depois de meia hora, adormeceu de novo.

Dessa vez, o sonho era igual ao que sempre tinha com Natasha, a recordação da guerra de neve. No final do sonho, quando ela disse *Promete que vai tentar?*, a última sílaba virou um guincho. O cenário mudou: não estavam mais na floresta; era a Praça Vermelha. Cercados por soldados russos e americanos. Imaginou que estivesse sonhando com a Guerra Fria; armas das duas tropas apontaram para eles. Ivan e Natasha se entreolharam e o olhar dela parecia querer dizer *Adeus*.

Alguém atirou. Natasha pegou fogo. Bradava e sacudia os braços para o céu (que só então Ivan percebeu ser vermelho), como se tentasse se agarrar a uma barra fictícia. Estendeu a mão para auxiliá-la.

– Vamos, Ivan – disse Kátia num sussurro. Quase não a ouviu por causa dos gritos de Natasha.

– Não posso...

Viktoria o interrompeu.

– Ela vai morrer... Não pode evitar... Tem que se salvar... O céu vermelho... Sangue...

– Não pode se juntar a eles – disse Kátia enquanto as duas o puxavam.

Com dificuldade, Ivan interrogou:

– Eles quem?

Foi Viktoria quem esclareceu:

– Os mortos... Os mortos dos judeus.

Outro soldado atirou, e o sonho pegou fogo.

⌘ ♦ ⌘

Sofia se sentou ao lado da janela no trem e ficou contemplando a paisagem. Dali a duas horas estaria em Paris. Klaus a enviara para que pudesse convencer o presidente DeGalle a desistir de apoiar os Estados Unidos num possível conflito.

– Como vou fazer isso, se ele nem ouviu vocês? – buscou saber.

Todos os representantes da União Européia e de seus países-membros já tinham tentado convencê-lo, sem sucesso.

– Faça o que for necessário.

O trem partiu. Recostou a cabeça na janela. Fazia tempo desde a última vez que tomara aquele trem, dois anos antes, tinha ido a uma cidade do sul da França e tomado o trem para Paris primeiro. Antes dessa viagem, fizera outra, para conhecer a capital francesa.

Absorta em seus pensamentos, assustou-se quando a voz automática anunciou em alemão, francês e inglês que estavam chegando à estação parisiense.

Levando uma bolsa consigo, Sofia desceu. Estava frio em Paris. O inverno chegara, mas sem neve. Apenas frio. Sorte que estava agasalhada.

Não foi para hotel algum, como Klaus sugerira. Em vez disso, pegou um táxi e foi direto ao Palácio do Eliseu. Não perderia tempo. Queria voltar para casa o mais cedo possível.

– Meu nome é Susan Himmel – declarou aos seguranças do Palácio, como Klaus a instruíra. – Tenho uma reunião marcada com o Senhor Presidente.

No dia anterior, lavara os cabelos com um daqueles xampus tonalizantes, deixando-os castanho-claros. Isso e mais as lentes verdes compunham um disfarce razoável. Klaus advertiu que não deveria entrar no Palácio como Sofia Zürichen.

Esperou para entrar no gabinete. DeGalle estava sentado numa poltrona de couro reclinável, os cotovelos sobre a mesa e as pontas dos dedos das mãos encostadas umas nas outras.

– Vossa Excelência – cumprimentou-o, meneando a cabeça. – Boa tarde!

– Boa tarde, Srta. Himmel – disse o presidente em tom cordial.

– Sente-se. O que a traz aqui? Acredito que tenha a ver com os agentes mirins franceses...

– Sinto muito, Excelência, mas não é quanto aos agentes do seu país que vim falar. É sobre sua posição diante dos Estados Unidos e da União Europeia.

As mãos de DeGalle pousaram na mesa, e sua boca se contraiu.

– Se está falando de dar apoio aos Estados Unidos, melhor voltar para casa, senhorita. Não mudarei minha posição.

– Entendo.

A sobrancelha direita dele se ergueu.

– Entende? Como assim?

– Considerando que os americanos têm mais dinheiro, mais armas e, consequentemente, mais chances de vencer uma possível guerra, é mais vantajoso se aliar a eles. – Colocou uma mecha inconveniente atrás da orelha. – Diga-me, Excelência: sua aliança foi por dinheiro... ou por medo?

DeGalle se recostou na cadeira. Avaliou Sofia tentando saber se era confiável. Não sorriu. Ao contrário do que muitos podem pensar, sorrir não é a forma mais adequada de transmitir confiança. O outro pode perceber suas reais intenções.

Ele se encurvou na cadeira, acercando-se a ela.

– Eles disseram que não vão atacar a França se me aliar a eles. Fiz isso pela segurança do meu país, como um presidente deve fazer. Nada que não fosse minha obrigação.

Sofia fingiu concordar. Uma agente lhe tinha dito que a ODTI não estava oferecendo exclusivamente proteção (o que, aliás, devia ser uma grande mentira). Haveria pesados investimentos dos EUA na indústria bélica francesa, que, como consta nos livros de geografia austríacos, tem grande destaque na economia do país.

Olhou a estante atrás de DeGalle com interesse. Ele percebeu.

– São muitos livros, não são? – disse ele. – Há mais lá em casa. Estes são sobre a França.

– *Poesia parisiense* – disse, apontando para um livro à esquerda. – Soa legal. Posso ver?

– Claro. – Levantou-se. Sua expressão era de quem achava que tinha conseguido uma distração para o inimigo.

Devia esconder melhor suas emoções, Excelência.

Ele pegou o livro e lhe entregou. Bebeu o restante do suco que estava num copo no canto. Sofia folheou as páginas e de repente ele começou a tossir sem parar.

– Engasgou-se, Excelência? – Ele tossiu em resposta. – Espere, vou ajudá-lo! Segurança!

Sofia bateu nas costas do presidente. Dois guardas se aproximaram quando DeGalle começou a ficar roxo.

– O que aconteceu? – Um dos guardas questionou.

– Acho que se engasgou, não sei – disse Sofia. – Ajudem-me!

O guarda que não tinha falado ordenou ao outro:

– Vá chamar o médico!

Tarde demais para socorro. O presidente tombou no chão, sem respirar.

Um homem de cabelos grisalhos chegou ao gabinete. Abriu a boca do morto e, com a lanterna do celular de Sofia, esclareceu a causa da morte.

– Engasgou-se com uma semente de melancia – anunciou. – Pelo visto, não bateram o suco muito bem.

Um dos guardas afirmou que as cozinheiras viviam reclamando do liquidificador quebrado. Em seguida a um breve interrogatório, Sofia foi liberada. Quando entrou no trem de volta para casa, sorriu. Ninguém seria responsabilizado pela morte do presidente. Fora uma fatalidade. *Ninguém vai reparar que a semente foi geneticamente aumentada para não passar pela garganta, nem que não pertencia à melancia da qual foi feito o suco.*

⌘ ◆ ⌘

Mohammed se ajoelhou, virando-se para o sudeste, onde devia estar Meca. Começou a rezar. Jamil passou por ali.

– Para que rezar, Mohammed? Alá não vai atender a seus pedidos. Levante-se e faça algo que preste em vez de rezar.

Mohammed, comedido, não respondeu. Sabia que iria dar em briga, e não queria isso.

Ao terminar de rezar, refletiu sobre a mudança recente do amigo. Quando Iasmim e Mahara denunciaram que havia um espião da ODTI na ANC e que ele tentou estuprar Iasmim, Mohammed não pôde expulsá-lo. Era necessário que ambos os presidentes da ONG concordassem com a expulsão, e Jamil foi contra. Não acreditou na história das garotas.

Jamil não rezava e tentava convencer as pessoas de que a oração não levava a lugar algum. Além disso, demonstrava cada vez mais interesse na aliança entre a ANC e a ODTI (o que talvez fosse o real motivo para ele não ter expulsado o espião), uma posição contrária à que tinha antes. Houve um dia em que Mahara comentou que ele insistia para que fosse a Washington pedir que a ODTI colaborasse na construção do depósito. *O que está acontecendo com Jamil?*, Mohammed se perguntava sem ter uma resposta e sem poder contribuir para que o amigo voltasse ao normal.

⌘ ♦ ⌘

Ivan abriu a porta do apartamento luxuoso onde morava, fruto do trabalho do pai como diplomata. Era Viktoria. Ele a tinha chamado à sua casa de manhã. Os pesadelos que tivera na noite passada (em especial o segundo) o encheram de interrogações.

– Entre – disse, gesticulando com a cabeça.

Ela se sentou. A saia mostrava as pernas bonitas, mas ele as olhou de relance. Tinha outras coisas na cabeça.

– Por que me chamou?

– Queria ter conhecimento de umas coisas... Sobre a tal ordem da Natasha. E não deu para chamar Kátia. Está numa aula extra.

Ela se fingiu ofendida.

– Nem pretendia perguntar sobre ela, calma!

– Desculpe... Achei que... Esquece. Essa Ordem das Doze *Sei-Lá-O-Quê*...

– Ordem das Doze Tribos de Israel – corrigiu ela.

– Exatamente... O que quer a Ordem, enfim?

Mantendo a expressão fria, ela declarou:

– Exterminar todos os povos que oprimiram os judeus um dia.

– Isso é o *mundo inteiro*! Esses judeus *enlouqueceram*?

– Não duvido. O líder deles deve ser algum tipo de Hitler às avessas.

– E Natasha *concordava* com isso?

– No começo, sim, mas em algum momento deve ter percebido o quão louco é o ideal que tanto defendia. Sei que ameaçou relatar tudo a quem quisesse escutar e destruir a Ordem. Qualquer um teria relevado a ameaça, mesmo porque duvido que alguém fosse dar ouvidos a ela. O fato é que a elite da Ordem ficou com medo e mandou alguns agentes para matá-la.

– Isso foi o atentado.

Ivan ficou pensativo. Lembrou-se do céu vermelho, dos soldados...

Os soldados.

– E qual é a posição da Rússia nessa história?

– Oficialmente, condena o atentado e exige que os Estados Unidos encontrem e julguem os responsáveis, mas sabe que os culpados estão infiltrados no próprio governo americano. Enfim, a Rússia está do lado dos Estados Unidos, secretamente, por medo.

⌘ ♦ ⌘

Na saída da universidade, dois jovens distribuíam panfletos. Kátia recebeu um a contragosto; estava prestes a amassá-lo e jogá-lo fora quando leu as letras grandes do papel:

INSCRIÇÕES ABERTAS PARA *ANASTASIA*! GARANTA SEU PAPEL!

Kátia se encostou nas grades e leu o panfleto. A universidade estava patrocinando a adaptação do filme de 1997 para um musical. Animou-se. Era uma oportunidade de entrar no universo do teatro antes de se formar.

Correu para o Departamento de Teatro, onde se efetuavam as inscrições. Um homem de uns quarenta anos, com alguns fios grisalhos, atendeu-a.

– Olá. Em que posso ajudá-la?
– Queria me inscrever no musical *Anastasia*....
– Ah, claro! – Pegou um formulário. – Preencha-o, sim? Os testes serão em 10 de dezembro.

Kátia preencheu o papel e entregou ao homem, que destacou a parte de baixo.

– Fique com isto. Quando vier para o teste, entregue ao pessoal encarregado.

Ela se despediu com um aceno, sorridente.

⌘ ♦ ⌘

Natalie e Jude voltaram a pé para casa. Ele e a mãe estavam morando na casa dos Hill desde o dia seguinte à briga com Daniel. E iriam para a antiga casa, quando ele não estivesse, para pegar seus trecos.

Jude contou uma vez que o pai não mexera em nada. Os cacos da mesa quebrada estavam lá, bem como o controle caído ao lado da porta. Ainda havia pedaços do vaso que jogara no tapete da entrada.

– É como se fosse o dia da briga – disse.

Em menos de quinze dias Daniel apareceu na casa de Natalie. Jeremy o recebeu.

– Sr. Hill, a Linda está? Ou o Jude...?

– Linda está, mas não acredito que queira ver você.

– Eu sei... Diga que o assunto lhe diz respeito. É sobre o divórcio.

Jeremy chamou Linda. Ela apareceu e observou Daniel com desprezo.

– O que você quer? – Ela não tentou esconder o nojo na voz. Daniel coçou a nuca.

– Você disse (não com essas palavras, mas disse) que queria o divórcio. Na quinta, fui abrir o processo... – Mostrou uns papéis que só naquele momento Linda e Jeremy viram que ele segurava. – Aqui está o documento. É só assinar.

Ele também olhou para os papéis e continuou:

– Cuidei dos bens pessoalmente. A casa ficou meio a meio, porque não sabia o que você e... Jude querem fazer com ela. Apossei-me do Camaro preto. Sei que está no seu nome, mas você o odeia. Achei, portanto, que seria mais útil comigo. Esses são os únicos bens que dividi. Pode ir lá para casa e pegar o que quiser do restante. Não precisa esperar que eu saia, mas se preferir... Esse outro papel é uma lista das coisas com que quero ficar. Não é muito.

Deu mais uma olhada nos documentos que segurava e concluiu:

– Sobre a guarda do Jude, pedi que você tivesse total custódia dele. Podemos nos visitar à vontade e não será obrigado a passar um ou dois dias comigo. É o melhor para nós três.

Linda leu os papéis e teve vontade de rir da lista de Daniel. Geladeira, cama, alguns pratos e talheres, a poltrona laranja... O básico para que consiga viver na casa. Assinou e devolveu o documento.

– Pode ficar com a casa. Não queremos voltar.

– Você tem que me vender sua metade.

– Eu sei. Podemos resolver isso outro dia?

– À vontade. Ligue-me quando quiser.

Eles se despediram, e ele saiu.

A venda aconteceu e Jude estava sem visitar o pai. Temia que a briga se repetisse, apesar de a mãe não acreditar nisso.

– Ele deve ter constatado que a história de você ser gay era um boato. Não tem motivo para brigar com você.

Ainda assim, ele tinha medo.

Quando chegaram, encontraram Jeremy ajudando a esposa a colocar umas malas no carro.

– Vão viajar? – perguntou Natalie.

– Quem dera, filha. Sua mãe vai embora.

A morena cobriu a boca com a mão.

– Por quê?

– Faz um tempo, percebemos que não nos amamos mais. Não como marido e mulher. Restou um amor de dois grandes amigos... apenas isso – respondeu a mãe.

– Decidimos nos separar – disse o pai. – Dorothy vai morar com sua tia Kayla.

Jude atentou para os próprios pés. Dorothy adivinhou o que ele pensava.

– Sua mãe não tem nada a ver com isso, querido. A única coisa que vocês mudaram nas nossas vidas foi o valor da conta de energia.

Natalie abraçou a mãe.

– Vou sentir sua falta, mamãe...

– Eu também, meu amor... Sempre vou te amar.

As duas deixaram algumas lágrimas rolarem. Jeremy suspirou e fechou o porta-malas. O agora ex-casal entrou no carro e partiu.

Catorze

Quando Rachel entrou no escritório, Guy estava lá.
– Bom dia, Rachel.
– Bom dia, Guy.
– Precisava falar com você primeiro.
– Sobre...?
– Quero que recrute algumas pessoas para levar aquela carga ao Egito. Vou treiná-las para que o manuseio se faça com cuidado.

Manusear a carga com cuidado, nesse caso, era um código para *levar a carga ao Egito sem que ninguém desconfiasse*. Era uma operação altamente secreta; não podiam contar totalmente com o pessoal de confiança de Guy. Nem tudo se resolve com suborno ou camaradagem.

– Não se preocupe com isso – ela disse. – Vou escolher o melhor pessoal daqui.
– Sei que vai. Que tal começar agora?

Rachel se retirou. Quando fechou a porta, Guy começou a folhear os papéis em sua mesa. Eram documentos a respeito de Natasha Danilovich, que mandara matar no começo do ano anterior. Encontrara-os desarrumados na gaveta onde estavam. Alguém mexera neles. Por quê? Não sabia.

Mas tinha uma leve intuição sobre *quem* tinha feito aquilo. E iria investigar a fundo.

⌘ ♦ ⌘

Já era noite quando Rachel saiu do prédio da ODTI. Tinha escolhido seis pessoas para a operação no Egito. Pegou um ônibus para casa. Quando chegou, não foi a seu apartamento, e sim ao da vizinha. *Não acredito que estou fazendo isso, mas não é uma simples questão de amizade. Há muito mais em jogo, Rachel, e você sabe disso.*

Quem atendeu foi a mãe de Meredith.

– Olá, Rachel!

– Boa noite, Sra. Moore. Sua filha está?

– Está, querida.

A Sra. Moore chamou pela filha. Ela apareceu vestindo um pijama. Ao ver Rachel, perguntou num tom gentil:

– O que está fazendo aqui?

– Queria saber o endereço da casa da Natalie.

– Posso te levar até lá.

– Tem certeza?

– Se não for problema para você...

– Eu é que pergunto se não é problema para você.

– Não. Espere que eu troque de roupa.

Pouco depois Meredith se despediu da mãe e conduziu Rachel a seu carro, um Land Rover vermelho. No caminho para a casa de Natalie, Meredith tentou saber o que Rachel faria lá. Esta disse:

– Isso é só entre nós duas. Desculpe.

– Tudo bem.

Elas se alternaram involuntariamente entre dialogar e ficar mudas. O rádio estava sintonizado num especial de músicas dos anos 1990. As duas cantarolaram algumas músicas, como

Reflection, da Christina Aguilera, e *You'll Be In My Heart*, do Phil Collins.

– Vou demorar – disse a ruiva quando chegaram à casa de Natalie. – Melhor voltar para casa. Obrigada!

– De nada.

Quem atendeu foi Jude.

– Rachel? Há tempos que não te vejo!

– Olá, Jude – replicou, confusa. Ele estava vestido tão confortavelmente que parecia estar em casa. – O que faz aqui?

– Moro aqui agora, Rachel. Não sabia? Meus pais se separaram e agora eu e mamãe estamos aqui. – A expressão da ruiva não mudou. Ele viu aquilo como um sinal para continuar: – Os pais da Natalie também se separaram. A mãe dela se foi, e agora somos eu, mamãe, Natalie e o Sr. Hill. E você, o que faz aqui?

– Ah, sim. Vim falar com a Natalie. Ela está?

– Sim, entre – abriu mais a porta e fez sinal para que adentrasse.

Natalie apareceu, feliz e surpresa pela presença da ruiva.

– Rachel! – Deu um abraço nela, que retribuiu timidamente. Não estava acostumada a manifestações de afeto.

– O que te traz aqui?

A expressão dela passou de feliz para preocupada. – Tem a ver com Meredith?

– Tem a ver com Calvin – disse. A preocupação de Natalie ficou mais visível. *Lembre-se de que é por uma causa maior, Rachel.* – Melhor se sentar, Natalie. – Ela indicou um lugar a seu lado no sofá. A morena obedeceu.

– O que aconteceu com ele?

– Nada, Natalie. Acalme-se. Quer que eu chame Jude? – O garoto tinha voltado a seu quarto. Ela fez que não com a cabeça.

– Olha, sei que não vai gostar do que vou te dizer, mas tenho de fazê-lo. Você tem que terminar com Calvin.

Natalie levou um susto.

– Por quê? Ele é um namorado admirável!

– Ele *parece* um namorado excepcional, mas é um dos piores *lixos* que você podia ter escolhido para ficar.

– Como se *atreve* a falar assim dele? Você mal o conhece!

– Por favor, Natalie, me escute. Tenho vários motivos para te dizer isso, e não o acusaria sem provas. Infelizmente, eu as tenho. Quer que eu comece com a mais difícil ou com a mais fácil de provar?

– Com a mais difícil.

– Calvin é um *voyeur*.

– Um o quê?

– Um *voyeur*. Existe um transtorno sexual chamado voyeurismo, em que o portador sente prazer em contemplar alguém tirando a roupa ou tendo relações sexuais... No caso de Calvin, uma mulher com roupas coladas basta para que fique excitado. Se ele não te pressiona para transar, ele se masturba muito.

Parou de falar, avaliando a reação de Natalie. Estava pálida de susto. Com a voz controlada, prosseguiu:

– Você disse que essa era a história mais difícil de provar... Tem alguma prova *concreta* disso?

– Não tenho provas médicas, mas... Você sabe que ele frequenta um grupo judeu, não sabe? – ela confirmou. – Eu também frequento. Perdi a conta de quantas vezes o vi tentando (em vão, diga-se de passagem) esconder a excitação. E muitas pessoas me disseram que já o viram assim. As únicas provas que tenho são testemunhais. São tantas que você devia aconselhá-lo a ir ao médico.

– Mas não terminar com ele – disse ela esperançosa.

– Por *esse* motivo, não. Há outros, porém.

Natalie fez sinal para que continuasse.

– Olha, antes que eu continue, você tem que me *prometer* que vai manter *o mais absoluto segredo* do que eu vou falar. Nem Calvin, nem Jude, nem Meredith, nem seu pai, nem sua mãe... *Ninguém* pode saber disso. O que vou contar é *muito* perigoso.

Natalie estava desta vez com medo, não com um simples receio. Apontou para a escada.

– Vamos para meu quarto – ela quase sussurrava. – Se o que vai me dizer é tão sigiloso, é melhor ouvir a portas fechadas.

Rachel concordou e as duas foram para os aposentos da morena.

– Sente-se na cadeira, no pufe ou na cama, onde preferir – ofereceu a anfitriã.

A ruiva se sentou na cama e Natalie, no pufe.

– Sabe o grupo que mencionei agora há pouco... Aquilo é uma ordem secreta, a Ordem das Doze Tribos de Israel. Você não ouviu falar porque ela faz de tudo para se manter em segredo. Eles *dizem* que seu objetivo é propagar e cultivar a fé judaica, e muitas pessoas entram lá procurando paz espiritual. Mas o que fazem é pregar a retaliação dos judeus contra *todos* os que lhe fizeram mal no decorrer da História. Dizem que chegou a vez deles de dominarem o planeta. Derrotar os cristãos no Ocidente e os muçulmanos no Oriente.

A expressão de Natalie era de horror.

– Isso é *loucura*! Quero dizer, eles querem o *fim do mundo*, isso sim! Ess... Isso que eles querem... Vai dar em guerra! E uma guerra de proporções *gigantescas*! Uma *guerra mundial* talvez! Eles não percebem que vão *destruir* o mundo?

– Concordo com você. – Rachel lhe lançou um olhar aflito. – Estão tirando essa maluquice do papel. Nos últimos anos, infiltraram-se na Casa Branca e, hoje, ocupam cargos altíssimos. Secretários, senadores, embaixadores... Todos esses setores estão cheios de judeus da Ordem. Só não têm o controle total do país porque não colocaram o presidente na palma da mão deles, ainda. Porque cedo ou tarde ele vai ceder às pressões. E, nas próximas eleições, um deles vai concorrer. Se ganharem, o que não duvido, prontamente começarão os ataques.

Logo depois continuou:

– Já estão conquistando aliados. Alguns países da África e da Ásia declararam, em segredo, apoio aos Estados Unidos num possível conflito em troca de salvarem seus habitantes. Você soube que vários países da Europa e da América Latina cortaram relações diplomáticas com a gente, não soube? Pois bem, esses são os que a Ordem não convenceu a se unir a eles.

Antes de concluir, Rachel ainda disse:

– Ah, mais uma coisa: o prédio da Ordem fica ao lado da sede corporativa da Humphrey Ltda. Ouviu falar? É uma indústria bélica. O dono é o presidente da Ordem. Percebe? Eles têm influência, aliados, armas... Está quase tudo pronto para o ataque. Falta pouco, *muito pouco*.

Ela deixou Natalie absorver aquilo. A morena respirava fundo, como se o oxigênio fosse ajudá-la a entender o que tinha ouvido. E indagou pausadamente:

– E o que Calvin e você têm a ver com isso?

– Acho válido começar com a minha história. Quando morava na Espanha, logo em seguida à morte da minha mãe, um amigo se referiu a um grupo de oração judeu e me chamou para entrar. Vi o que pregavam. Fiquei arquitetando uma forma de acabar com aquilo e decidi vir para cá, para a sede da Ordem. Complexo de heroína, eu sei. Em pouco tempo, conquistei a confiança do chefe e hoje sou sua secretária. Ele ouve conselhos meus. Sempre digo que tenho o mesmo ideal deles, e que quero essa desforra tanto quanto eles. Graças a isso, consigo espioná-los livremente. O único problema é como usar o que sei para sabotar esse plano de destruição. Vou encontrar uma solução. *Sei* que vou.

– *Meu Deus*, Rachel, você está *louca*! Você só tem dezesseis anos! Voc...

– Consegui a confiança deles, não?

– Mas como...?

– Sei o que você está pensando. Não, não dormi com eles. A confiança que transmiti bastou. Graças a Deus. Quer saber o que Calvin tem a ver com isso, não quer?

A menção a Calvin fez Natalie se concentrar nele de novo. *Foi tão fácil assim mudar de assunto?*

– Não sei o que levou Calvin a entrar na Ordem. Hoje o que o faz ficar lá é justamente esse ódio que sente pelos cristãos e pelos muçulmanos. Ele quer revidar, tal como os demais que estão lá. Você não avalia a capacidade de persuasão desses caras da Ordem. Quero dizer, convencer milhares, talvez milhões, de que é preciso matar todos os cristãos e todos os muçulmanos somente porque alguns deles perseguiram ou perseguem os judeus... Tem que ter talento.

A morena estava mais focada em Calvin do que na capacidade de persuasão da ODTI.

– Quer dizer que meu namorado deseja vingar-se contra... – uma face da verdade pareceu atingi-la com força – ... *mim*? – Natalie era evangélica. – Não pode ser verdade.

– Quem dera fosse mentira. E isso não é o pior. Ele não está namorando você porque gosta de você nem porque a acha sexy. Cedo ou tarde vai tentar arrancar dados do seu pai sem que percebam.

– Então, Calvin está me namorando por causa do meu pai e das informações que ele detém? Meu Deus... Já não basta as que ele deu quand... – Mais uma surpresa. – Foi a Ordem que nos sequestrou?!

Rachel disse que sim. Ela sabia o que a palavra *nos* significava: ela, Jude, Meredith e Ashley. Guy lhe contara acerca do sequestro uma vez.

– Tudo isso apenas serviu para garantir mais emprego a seu pessoal na Casa Branca.

– Mais sobre o Calvin?

– Sim. – Respirou fundo. Talvez fosse a notícia mais trágica. – Calvin matou duas pessoas no começo do ano passado. Dois brasileiros. Dois inocentes que nada fizeram contra a Ordem.

⌘ ♦ ⌘

Era sempre Jamil quem recebia Mahara no aeroporto quando voltava de suas missões. O itinerário até o prédio da ANC sempre foi agradável, mas naquele dia ele estava estranho... diferente.

– Um pessoal da Ordem vem aqui brevemente – disse ele, contente.

Por que está feliz com isso?, pensou Mahara.

– Parece que vão trazer as coisas que Guy nos disse que queria guardar no depósito.

Ele deve estar louco se isso o deixa feliz.

– E você está animado – comentou.

– Claro! Você sabe o que isso significa, Mahara? É como você disse uns meses atrás: eles querem guerra. Não dizem isso, mas querem. E vão ter a guerra. E estaremos prontos para auxiliá-los a vencer!

– Você quer a guerra ou quer vencê-la caso aconteça?

– As duas coisas!

Ela virou a cabeça para a janela, esperando que ele não continuasse a falar. Felizmente, não continuou.

Aquela última viagem tinha sido mais longa do que o usual, e não teve como contatar seus amigos. Não sabia de nada do que se passara enquanto esteve fora. Tudo indicava que as coisas não iam muito bem.

Jamil já não estava legal quando viajou. Foi estranho ele ter absolvido o homem que estuprou Iasmim; mais estranho ainda foi não mais vê-lo na mesquita. Em nenhum momento exibira interesse pela ODTI.

Pelo visto, perdera muito. Iasmim e Mohammed teriam que colocá-la a par de tudo, porque ela não queria perguntar a Jamil.

O resto do trajeto para a ANC foi percorrido em total silêncio. Mahara esboçou um suspiro de alívio quando chegaram e ela saiu do carro.

Foi direto ao escritório de Mohammed. Lá o encontrou conversando com Iasmim. Ele desviou o olhar ao ver Mahara.

– Entre, Mahara! Estávamos esperando por você.

Iasmim ficou feliz ao vê-la. Tinham se tornado amigas após o incidente. A jovem síria foi a única pessoa com quem Mahara conversou na viagem: uma vez, à noite, por Skype.

Abancou-se ao lado da amiga. Mohammed falou:

– Conte o que aconteceu na viagem.

Mahara discorreu sobre sua missão. Tudo tinha acontecido conforme o esperado; nenhuma novidade relevante. Mohammed mudou de assunto.

– Mahara, não sei se deu para perceber, Jamil vem agindo de modo estranho ultimamente.

– Percebi. Estava todo animado por causa do depósito.

Mohammed buscou para si uma posição confortável na cadeira.

– É... Eles vêm nos próximos dias deixar o material que querem guardar no depósito. O que me desassossega é que essas mudanças em Jamil são perigosas. Não sei o que aconteceu para ele ficar assim; estou preocupado. Não apenas porque é meu melhor amigo, mas igualmente pelo bem da ANC. Ele é presidente da ONG; não posso rebaixá-lo a vice sem que esteja de acordo com isso, e, se eu perguntar, ele pode suspeitar. Tenho medo de que tome alguma decisão que nos prejudique.

Mahara e Iasmim concordaram. Mahara se despediu. Iasmim fez o mesmo, deixando Mohammed sozinho.

⌘ ◆ ⌘

Kátia tinha realizado o teste para *Anastasia*, e o resultado estava para sair. Sentia-se nervosa. Será que conseguiria?

Ivan a acompanhou ao Departamento de Teatro da universidade, onde um papel pregado no quadro de avisos indicava o elenco escolhido. Não havia muita gente no corredor. Não enfrentaram uma multidão ao redor do papel.

Kátia procurou por seu nome com ansiedade. Soltou um gritinho.

– Ivan, vou ser uma das irmãs da Anastasia!

– Ela tinha irmãs?

– Tinha. Elas aparecem no começo. Sei que é um papel pequeno, mas estou no terceiro semestre da faculdade!

Ivan a abraçou.

– Eu sei, Kátia. Estou feliz por você! – E deu um beijo na testa dela, que fez esforço para esconder o susto... e o prazer que sentiu. *E aí, ainda acha que não gosta dele?*

Cale a boca, vozinha chata.

Mas não podia mais negar. Gostava de Ivan. Pena que ele parecia gostar da amiga dela, Viktoria. *Olha o lado bom, Kátia: antes ele gostar da Viktoria sóbrio do que de você bêbado.*

⌘ ◆ ⌘

Era noite. Havia um grande movimento na Humphrey Ltda. em Falls Church, Virgínia. Caixas eram carregadas para dentro de um caminhão. Sofia estava andando pela calçada, fingindo ser uma habitante da cidade com insônia.

A penumbra do local dificultava qualquer avaliação, mas um dos carregadores parecia um garoto de catorze ou quinze anos. Ela foi até ele.

– Olá – disse com simpatia. – Estava andando por aqui... Insônia, sabe como é... E vi essa movimentação... O que é isso?

– Ah! – disse ele. – Creio que são armas. Um pessoal do Egito encomendou.

– Do *Egito*? – Fez-se de surpresa. – Como essa empresa é grande!

O garoto se afastou sem se despedir. Sofia partiu para sua caminhada noturna. Quando se viu longe da fábrica, mandou uma mensagem de texto.

Mahara? Ei, é Sofia. Acho melhor avisar aos seus amigos que a ODTI está levando armas de fogo para aquele seu depósito. Boa sorte!

⌘ ♦ ⌘

Iasmim observava a rua, como de hábito, quando ouviu uma batida em sua porta.

– Sou eu, Mahara. É urgente!

Ela saltou da cama e abriu a porta. Mahara estava com a roupa que usara no dia em que Iasmim foi quase estuprada.

– O que aconteceu?

– Recebi uma mensagem de uma assistente minha. Ela estava passando em frente à fábrica da Humphrey Ltda. e descobriu o que a Ordem quer colocar no depósito.

– Como descobriu?

– Não sei, mas o fundamental é *o que* ela descobriu.

– Claro... O que estão trazendo para cá?

– Armas de fogo. Iasmim, a Ordem quer que a *ajudemos* nisso. Quer que *lutemos*. *Temos* que impedir isso!

– Sim. Mas não vamos conseguir nada a esta hora da manhã, muito menos com você vestida dessa forma.

Mahara reparou nas próprias roupas, como se somente agora estivesse consciente delas.

– Claro. Fiquei tao desesperada que me esqueci deste item. Vou me trocar e iremos ao escritório de Mohammed. Isso tem que ser resolvido o mais rápido possível. De preferência enquanto as armas ainda estão nos Estados Unidos.

Mahara se dirigiu à saída. Iasmim a chamou de volta.

– O que foi?

– Lembra-se de quando você veio para cá pela primeira vez, quando Mohammed falou sobre a ODTI? Quando sugeriu que a gente desse um jeito de dar um fim a essa parceria?

– Sim, recordo. Não levamos isso adiante. Uma pena. – Fitou Iasmim. – O que isso tem a ver?

– Você teve um raciocínio rápido e uma ideia ótima, mas não a levamos adiante. Agora *vamos*. Quero saber dessa primeira ideia e qualquer outra que vier. O que quero dizer é... Pense em alguma coisa ao trocar de roupa.

Mahara concordou e saiu. Iasmim pegou o Alcorão que estava em sua mesa e o abraçou com força.

– Por favor, Alá – sussurrava –, dê-nos luz para resolvermos isso. Sei que o Senhor não quer esse conflito. Por favor, ajude-nos.

⌘ ♦ ⌘

Meredith achou estranho quando Natalie disse que iam almoçar sozinhas naquele dia. Será que a amiga iria dizer que gostava dela? *Ai, meu Deus do céu, que horror. Por favor,* não; *por favor,* não; POR FAVOR, NÃO.

Quando se sentaram numa mesa para dois, nos fundos da cafeteria, Natalie respirou profundamente, como se o que tivesse a dizer fosse muito ruim.

– Terminei meu namoro com Calvin.

Não sabia se sorria de alívio ou se ficava preocupada. Por um lado, odiava Calvin e o considerava uma péssima companhia para a amiga; por outro, aquilo não descartava a hipótese de que a morena iria dizer que gostava dela. Em vez de mostrar sua confusão mental, sorriu.

– Que bom, Natalie! Graças a Deus que você terminou com aquele idiota!

– Bem que eu queria poder chamá-lo de idiota, amiga. Mas ele não é. Vai tentar me reconquistar.

Meredith franziu a testa.

– E você diz que ele não é idiota?

– Não posso, Meredith, dar detalhes. Ele quer se aproveitar do nosso namoro. E não estou falando sexualmente. Tudo seria mais fácil se ele estivesse me pressionando para fazer sexo.

– O que é pior do que isso?

– Ele é um *voyeur*.

– *Voy-o quê*?

– *Voyeur*. Fica excitado com pessoas fazendo sexo, tirando a roupa... Até usando roupas apertadas. E... Bem, ele sempre se sentiu atraído por você, e sempre a considerou uma amiga digna de confiança.

– Eu sei. Era um martírio ser simpática com ele. O que tenho a ver com esse *voy-sei-lá-o-quê*?

– Preciso que o seduza.

Ela quase se engasgou.

– O *quê*?

– Faça com que ele goste de você.

– Ele não sabe que sou lésbica?

– Sabe, mas se você for convincente, vai achar que mudou de time.

– Qual é a *finalidade* disso?

– Só posso contar se você aceitar. É *muito* importante.

Meredith pôs uma garfada na boca e pensou. Natalie não pediria aquilo se não fosse necessário. Mas não sabia se podia auxiliar a amiga como ela necessitava.

– Natalie, não sei... Sou de fato a melhor pessoa para isso? Ashley não seria uma escolha melhor? Ela sempre foi melhor em atuação do que eu.

– Posso usá-la como plano B. A chance de sucesso vai ser maior com você. Ele acha *você* atraente, não a Ashley.

Meredith tomou um gole do refrigerante que comprara.

– Olha – disse –, eu te ajudo. Vou tentar, pelo menos.

⌘ ♦ ⌘

Perto do meio-dia, Mahara (já vestida de forma adequada) foi ao quarto de Iasmim. Ela atendeu quase imediatamente.

– Vamos direto ao escritório de Mohammed – disse. – Vamos falar com ele a sós antes de envolver Jamil.

– Sabe que a conversa com Jamil é inevitável, não sabe?

– Sim. Se não convencermos Mohammed, não valerá a pena falar com Jamil. Mas se o fizermos... Bem, talvez faça Jamil ceder mais fácil.

As duas foram ao escritório de Mohammed. Ele percebeu a expressão preocupada delas.

– O que aconteceu? – indagou ao fechar a porta do escritório.

– Tranque-a – disse Mahara, apontando para a porta. Vendo seu olhar duro, Mohammed obedeceu sem pestanejar. Quis saber o que estava acontecendo. – Descobrimos que a Ordem está trazendo armas de fogo para cá.

– Como vocês desc... Ah, não importa. Há mais pormenores?

– Não – admitiu Mahara. – Mas temos que impedi-los de trazer essas armas para cá. O que virá depois? Vão nos forçar a ajudá-los a matar cristãos e muçulmanos? Não quero nem pensar.

Um silêncio se seguiu. Mohammed disse:
– Vou falar com Jamil. Não prometo nada. É temerário questionar a Ordem. Vocês sabem disso. Vou ver o que posso fazer. Não há muitas esperanças.

Iasmim e Mahara se olharam e suspiraram. Não havia mais o que fazer. Saíram do escritório.

⌘ ♦ ⌘

– Não. *Definitivamente* não. Nem pense nisso.

Mohammed contou a Jamil o que lhe havia sido dito pelas garotas uma hora antes. Por mais esperada que fosse a reação do amigo, não continha a revolta.

– *Sério*, Jamil? Quer dizer que vamos ficar de braços cruzados e deixar a Ordem atuar como bem entender? Daqui a pouco vai nos mandar matar *muçulmanos*! *Nossa própria gente*, Jamil!

– Você não entende, Mohammed? *Não há como* evitar esses ataques. Eles *vão ocorrer*, mais cedo ou mais tarde. Temos que estar no lado mais *forte*, e, se esse lado é o da Ordem, é nele que vamos ficar. Além do mais, se tentarem algo contra nós... Como você disse, temos um depósito cheio de armas para enfiar no cérebro deles.

As palavras de Jamil faziam sentido para Mohammed, mas ele se recusava a ceder.

– O que aconteceu com você? Não é mais o Jamil que conheci. Antes, vivia dizendo que a gente deveria se *livrar* da Ordem antes que fosse tarde demais. Agora você é a *favor* dessa... dessa *escravidão* e de tudo que a Ordem nos *manda* fazer!

Jamil deu uma pancada na mesa e o encarou furioso.

– O problema aqui *não sou eu*, Mohammed! É *você*, que vem agora com esse *complexo de herói*, querendo salvar o mundo, quando é *tarde demais* para isso! Estamos *condenados*! O *certo* é ficar do lado da *Ordem*!

Mohammed se levantou.

– Você enlouqueceu! Não quero salvar o mundo. Meu objetivo, que costumava ser o *seu* também, é aproximar as pessoas de Alá! Apoiar um conflito patrocinado por um bando de judeus fanáticos *não está* incluído no pacote! Alá quer a paz entre as naç...

– *Pare* de usar o nome de Alá! Isso não tem *nada* a ver com religião!

– Tem *tudo* a ver com religião! Alá quer a *paz* entre as nações! Ele é *contra* guerras como essa que você *tanto favorece*!

Jamil caminhou até a porta.

– *Recuso-me* a continuar essa discussão *ridícula* – disse ao abrir a porta, sem olhar para trás. – Quando estiver pensando com clareza, fale comigo. Até lá, não quero ouvir uma palavra sua.

⌘ • ⌘

Com a ajuda de Ashley e Natalie, Meredith escolheu uma minissaia e uma regata pretas e apertadas. A morena escolheu um colar cujo pingente era uma cruz. Saíram. Ashley e Natalie usavam óculos escuros para que não fossem identificadas por Calvin. No dia anterior, Meredith lhe mandou uma mensagem, convidando-o para ir a um restaurante. Ele aceitou prontamente. Natalie as levou.

– Veja se ele já veio e me avise.

A loira foi à entrada do restaurante e o procurou. Não o vendo, foi para o carro.

– Ele não está. Vão entrar?

– Pelos fundos – disse Ashley. – O pessoal do restaurante conhece Natalie desde quando namorava Jude e eles saíam por lá para deixar as mães preocupadas.

Ela riu e foi para a saída do restaurante.

– Creio que deveria entrar e esperar por ele.

Ashley e Natalie a encorajaram, e ela entrou no local.

⌘ ♦ ⌘

Natalie e Ashley decidiram estacionar numa rua paralela à do restaurante para que Calvin não suspeitasse da presença das duas. Entraram pelos fundos, ainda com os óculos escuros. Sentaram-se numa mesa estrategicamente escolhida para espionarem Meredith e Calvin sem serem vistas. Ele tinha chegado e conversava com a menina.

A garçonete as viu, mas não foi até elas. Sabia que não iam pedir nada. Ashley ergueu uma sobrancelha.

– Liguei para cá ontem explicando nosso plano – Natalie explicou. – Bem, o que precisavam saber, pelo menos.

Mais de meia hora se passou. Calvin se despediu de Meredith com um beijo no topo da cabeça. Ela fingiu ficar sem jeito, apesar de não ter ruborizado. Procurou a mesa das garotas. A garçonete percebeu e a levou ao local onde Natalie e Ashley estavam.

Meredith tirou o colar e entregou à morena. Ela tirou o microgravador que estava posicionado embaixo da barra lateral da cruz e devolveu o cordão à amiga.

– Ele entregou o jogo – disse com ar triunfante. – Confessou que só estava com você para conseguir algo do seu pai. E que pensou em tentar reconquistá-la. Mas depois de hoje... – Uma expressão de nojo aflorou.

– Quer dizer que vai continuar a sair com ele?

– Nem se fosse hétero sairia com aquele garoto de novo. Sem chance.

– Você fará isso, Meredith. Se der o fora nele, ele vai voltar a correr atrás da Natalie. Além disso, pode desconfiar das suas reais intenções. Se ele descobrir o plano, você e Natalie estarão em maus lençóis!

Meredith não tinha pensado naquilo. Natalie tampouco, na realidade.

– Desculpe, Meredith.

– Tudo bem, Natalie. Nenhuma de nós previu esse probleminha. Vai estar tudo bem. Fui bem convincente hoje.

Um curto silêncio se seguiu e Meredith falou novamente.

– O que fará com a gravação?

– Entregar à pessoa que denunciou o Calvin para mim. Ela vai saber o que fazer.

Meredith mordeu o lábio, pensativa. Ashley pareceu adivinhar o que ela perguntaria.

– Nem tente. Ela não vai revelar o resto das coisas, nem quem contou a ela, nem nada além do que já nos disse.

As duas suspiraram ao mesmo tempo.

Quinze

Era noite. A família Nogueira jantava tranquilamente.

– Chamaram os pais de vocês para a ceia de Natal? – Mirna se dirigiu aos três filhos, todos de pais diferentes. Nenhum era de seu marido.

As crianças assentiram. Ela ficou contente. Queria que os pais fizessem parte da vida das crianças. Lembrava-se de cada um dos ex-namorados com um carinho especial, mas não era amor.

Orlando, pai de Magali, foi seu terceiro namorado e o primeiro com quem transou. Engravidou aos dezoito anos. A família dele brigou com os dois e insistiu que ela abortasse. Como não aceitou, mandaram Orlando separar-se dela. Ele fez um acordo: ficaria com Mirna até o bebê nascer e, posteriormente, terminariam.

– Sinto, Mirna – disse quando deu a notícia.

– Tudo bem, querido – ela disse carinhosamente. – Olha, sei que seus pais não deixarão você ver a criança. Pode ir à minha casa sempre que quiser. Ficaria feliz se fizesse parte da vida do bebê.

– Eu também, Mirna. – O olhar dele era vago, como se estivesse planejando as escapadas para ver a futura filha.

Na época, ele cursava Medicina Veterinária. Para a sorte de ambos, ela passou em Música na mesma universidade. Periodicamente, levava Magali para lá a fim de que ele (e, de bônus, os amigos) pudesse vê-la. Foi um alívio quando a filha o chamou de *papai* pela primeira vez.

Quatro anos depois, Mirna apaixonou-se por Francisco. Decorridos poucos meses, engravidou, agora com 23 anos. Continuaram firmemente o namoro durante toda a gravidez e, quando Thiago nasceu, ele a pediu em casamento. Foi quando percebeu que só estava com ele por causa do filho; não o amava mais. Foi um rompimento difícil, mas as visitas frequentes de Francisco ao filho os ajudaram a formar uma amizade sincera.

Por fim, Gerardo. Quando ele constatou que ela estava grávida – tinha 28 anos na época –, fugiu. Só quando Lisa completou um ano apareceu, pedindo para fazer parte da vida da filha. Não obstante a tivesse magoado com a fuga, aceitou, porque não achava que seria justo para a filha caçula ver os mais velhos crescendo com o convívio dos pais e não poder ter o mesmo. Ao longo dos anos, reconciliaram-se.

Sorriu. Considerava-se com sorte por ter mantido boas relações com os pais dos três filhos, e por estes se darem bem com seus pais.

⌘ ♦ ⌘

– Kátia, vai passar o Natal com quem?

Ela e Ivan estavam sentados. Ele saiu de uma sessão com a mãe dela.

– Com minha mãe – respondeu como se fosse óbvio. O que era efetivamente para ela.

– E o resto da sua família?

– Mora em Samara, e minha mãe não quer ir para lá. Houve uma briga colossal no Natal passado, e ela tem medo de que se repita este ano.

– Ah! Sinto muito... – não sabia se era a melhor coisa para falar.

– Tudo bem. E você?

– Com meu pai, só. O único parente que a gente tem é meu tio, que vai passar o Natal na casa da namorada... na Ucrânia.

Ela disse que falaria com a mãe e saiu. Ao regressar, fez um convite:

– Ivan, que tal você e seu pai passarem o Natal com a gente?

– Sério, Kátia?

– Sério. Fui perguntar à minha mãe se ela concordava, e ela disse que seria ótimo se a gente passasse o Natal junto. Se você e seu pai concordarem, claro.

Ivan aparentava estar em choque. Disse:

– Por mim, adoraria. Vou falar com meu pai. Não será difícil.

Ela bateu palmas e o abraçou. Ele riu.

⌘ ♦ ⌘

A despeito de estar morando em Frankfurt havia um ano e meio, Érica mal aprendera alemão. Quando saía, pedia para Derek acompanhá-la, mas hoje não faria isso. Iria comprar os presentes dele (o de Hanukkah e o de aniversário, que era no dia 25); evidentemente não queria que soubesse. Igualmente iria comprar os presentes de Natal de Alícia e Sofia; não contava com a ajuda delas. Não pediria a Arnold auxílio para comprar o presente da filha, e Klaus estava em Viena (assim como Sofia).

Resultado: teria de se virar sozinha. *Pelo menos os alemães também falam inglês.* Seu alívio era imenso. Na Alemanha, as indicações eram todas escritas em alemão. Era meio óbvio, mas tornava a vida de Érica bem mais difícil.

A primeira parada foi numa livraria. Tinha esperança de encontrar todos os presentes ali. A loja era imensa e não vendia unicamente livros; CDs, DVDs (e Blu-Rays, claro), videogames, papelarias e quadros faziam parte do estoque. Dava para ficar indefinidamente ali... se a pessoa soubesse alemão, claro.

Érica decidiu procurar por conta própria. Talvez as capas dos produtos pudessem identificá-los. Encontrou uma caixa com todos os seis episódios de *Star Wars*. Sofia confessou uma vez que seu sonho era comprar a saga toda. Érica deu um sorriso. Tinha mentido para Derek dizendo que estava sem dinheiro e que ele teria que pagar tudo relacionado à casa. Somente dessa forma poderia comprar todos os presentes.

Pegou a caixa e continuou a busca. Encontrou um Blu-Ray para Derek e um CD para Alicia. Faltava o segundo presente de Derek. Desistiu de procurar sozinha e pediu socorro a um atendente que passava por perto.

Pena que não podia lhe dar o que ele mais queria: poder ficar com Alicia.

⌘ ♦ ⌘

– Daniel! – Thiago e Lúcia gritaram em uníssono. Teriam corrido se não houvesse um segurança para impedi-los. Daniel passou pela barra de proteção e foi ao encontro dos amigos, envolvendo-os num abraço triplo. Assim que se separaram, perguntou pelos pais.

– Seu pai foi ao Bob's – disse Lúcia. – E a sua mãe foi ao banheiro.

Eles foram se sentar nas cadeiras próximas ao desembarque internacional. Thiago o ajudou com as malas, e Lúcia não parava de conversar.

Daniel tinha sentido falta dos amigos e da família, mas a saudade que sentira de Lúcia era maior do que gostaria de admitir. *Será que também sentiu saudade de mim? Duvido.*

Mal sabia o quanto ela estava feliz por revê-lo.

⌘ ♦ ⌘

Derek ouviu um celular tocando *Merry Xmas (War Is Over)* a seu lado. Era Érica.

– Feliz Natal, dorminhoco! – Disse em inglês. Fazia meses que tinham parado de falar em português. Era mais fácil para ele. – É quase meio-dia!

Ele riu baixinho.

– Vá se arrumar, que o Arnold e a Alicia nos convidaram para passar o Natal com eles.

Vibrou ao ouvir o nome de Alicia. Érica o empurrou da cama.

– Acelera, porque estou pronta!

Logo apareceu pronto, perfumado e com duas sacolas de presentes. Em regra não comemorava o Natal, mas decidiu fazê-lo este ano. Érica precisava ter alegria e o Natal era uma ótima oportunidade para se aproximar de Alicia.

– O do Arnold está aí? – Érica procurou saber.

Ele revelou preocupação.

– Então, vamos. As lojas estão abertas, e também não comprei nada para ele.

Ele olhou a quantidade de sacolas que ela segurava. Eram quatro.

– Meu Deus, Érica, você *torrou* o seu salário com isso, não foi?

– Por que acha que eu disse que estava sem dinheiro este mês, hein?

Os dois tomaram um ônibus para o shopping mais próximo. Entraram em dez lojas e compraram uma pequena lembrança.

– As chances de a gente acertar comprando numa loja de presentes são maiores do que se tentarmos comprar uma camisa ou um sapato para ele. Além disso, não temos *dinheiro* para esse tipo de coisa – Érica disse.

Cada um saiu da loja de presentes com uma sacola. De lá, almoçaram e foram a pé à residência dos Klein. Érica se lembrou de seu penúltimo Natal, que comemorara com seus pais, seus tios e Tessália. *Se alguém tivesse me dito que eu passaria o Natal seguinte sem meus pais e o próximo em Frankfurt com o presidente do Banco Europeu, a família dele e um agente da Europol, estando minha família do outro lado do Atlântico, teria internado esse alguém na mesma hora. Como as coisas mudam em dois anos.* Não sabia se ria ou se chorava.

Quando chegaram, cumprimentaram Arnold, Alicia e a Sra. Klein com abraços. Érica notou o entusiasmo de Alicia e Derek quando se abraçaram, um abraço que durou mais do que todos os outros.

– Se não fosse um agente, esse namoro seria bem-vindo – cochichou Arnold para ela.

Ela lhe lançou um olhar melancólico em resposta. Disse que iria sair, mas voltaria. Retirou uma das sacolas e foi embora.

Rumou para a estação de trem. Sentou-se e esperou o trem. Encontrou Sofia em meio à multidão que ia comemorar o Natal em outras cidades da Alemanha.

– Oi, Sofia! – exclamou, abraçando-a.

– Hey, Érica! Feliz Natal! – Apesar de a viagem ter durado sete horas, não parecia exausta. Sofia parecia nunca se cansar. – Olha, comprei um presentinho para você. – Ela entregou uma sacola. Érica a flagrou sorrindo. Sabia que a amiga não tinha muito dinheiro, e ter comprado um presente já a deixava feliz.

– Trouxe um presente para você – disse, entregando a sacola. – Acho que vai gostar.

As duas se sentaram no banco e abriram os presentes. Érica olhou atenta para o colar que ganhara. O pingente era a estátua de Iracema.

– A minha vizinha faz isso como hobby. Entreguei uma foto dessa estátua, e ela fez. De graça.

– *Ainda bem* que foi de graça, porque um profissional cobraria um preço *muito* alto! – Seguiu-se um acesso de tosse.

Sofia riu e abriu seu presente. Viu o nome *Star Wars* escrito na caixa.

– Ai, meu Deus, Érica! Sempre quis isso!

– Eu sei!

Sofia deu um abraço apertado em Érica. Sabia que tinha presenteado a amiga com a alegria de Natal de que tanto precisava.

⌘ ♦ ⌘

Nevava forte em Washington. Os motoristas tinham que dirigir cuidadosamente. Por isso, Dorothy Hill e Daniel Potter chegaram com atraso.

Como naquele ano o Natal seria comemorado por seis pessoas, tinham decidido organizar um amigo-secreto. Natalie foi a primeira.

– A pessoa que tirei... Eu não a conheço bem... É o Sr. Potter! Desculpe. Não sei como descrever o senhor!

– Bem, também não sei descrever o meu amigo-secreto... Foi o Sr. Hill.

– A minha amiga-secreta é uma pessoa bondosa, carinhosa e me ajudou nesses anos... Claro que é você, Dorothy!

– A pessoa que tirei é simpática e está sempre disposta a dar uma mão aos outros... E, ao que parece, convencida! Venha, Linda!

– Eu não acredito que vou fechar o círc... Ops! É, Natalie, é você mesma!

– Quem tirei é a pessoa mais engraçada, elegante, charmosa e simpática que já conheci! Claro que estou falando de *mim*, Jude Potter!

– Assim não vale, Jude! – disse Jeremy. – Devia ter pedido para trocar quando a gente fez o sorteio!

– Não! Por que faria isso, se sabia que ganharia um presente encantador?

– Cadê a Natalie? – buscou informar-se Dorothy. A resposta veio célere, com o grito de Jude.

– *Natalie Rose Hill*! Não tem medo de morrer, não?

Da janela da sala, Natalie ria. O rosto de Jude estava coberto de neve. Ele apressou os passos até a janela. Natalie saiu da frente antes de ele pular para fora de casa. Os adultos observavam às gargalhadas enquanto os dois travavam uma guerra de bolas de neve e de ameaças de morte.

⌘ ♦ ⌘

Na família Santana, pela primeira vez em anos, não houve amigo-secreto. Havia apenas três pessoas: Tessália e os pais.

– Nem parece um Natal de verdade – murmurou Tessália. A mãe ouviu.

– Querida, não fique abatida. Seus tios adorariam vê-la feliz, com o espírito natalino que sempre a contagiou. Érica iria gostar.

– Não fale como se ela estivesse morta – exclamou, ríspida. Depois se arrependeu. *Está em algum lugar do mundo e não nos dá notícias há um ano, é quase como se tivesse morrido.* – Desculpe, mãe – disse, de cabeça baixa.

O pai estava colocando a mesa e sorriu largamente para as duas. Tessália imaginou como ele devia estar se sentindo. Sendo o mais novo, aquele era o segundo Natal sem o irmão. O segundo de muitos.

A mãe talvez fosse a que menos sofresse. Afinal, era parte da família por casamento. Não tinha irmãos, e seus pais tinham morrido há mais de quinze anos. Não havia ninguém com quem tivesse passado todos os Natais de sua vida.

O pai terminou de arrumar a mesa. Elas se sentaram. Os três deram as mãos e rezaram um Pai-Nosso e uma Ave-Maria. E começaram a comer.

⌘ ♦ ⌘

Quando Sofia chegou à sua casa, era meia-noite. Passara a maior parte da véspera do Natal em trens, indo de Viena a Frankfurt e voltando. O presente que ganhara compensava a longa viagem. Além disso, não tinha com quem passar o Natal. Ninguém a esperava em casa.

A decoração natalina não era de bom tamanho. Uma pequena árvore de Natal, um presépio e uma guirlanda. Não comprara peru para a ceia. Não gostava do prato, e o menor que tinha visto saciava a fome de umas cinco pessoas.

Foi ao presépio, tocou na imagem do Menino Jesus e rezou baixinho.

– Jesus, abençoe a mim e a Érica neste Natal. Precisamos de Sua bênção, ela especialmente. Senhor, peço um milagre neste Natal: que essa guerra *não* aconteça e a Terra possa conhecer a paz.

⌘ ◆ ⌘

Arnold chamou todos para a entrega dos presentes.

– De quem é aquela sacola, Érica? – Derek perguntou quando se concluiu a troca de presentes.

– Ah! Devo ter trazido por engano!

O peru, comprado pronto, estava ótimo. Alicia e a mãe prepararam o arroz e o purê. Érica, algumas horas antes, tinha ensinado as duas a fazer farofa.

– Meu Deus, isso é delicioso! – exclamou Arnold quando provou o prato brasileiro.

– Obrigada, Sr. Klein – disse ela. – A farofa costuma ser colocada em cima do que se come, não é comida sozinha. – A observação foi feita gentil e cautelosamente.

– Ah! Sim, claro. Devia ter percebido.

Nem Érica nem o casal Klein deixaram de notar o clima romântico entre Derek e Alicia, mas ninguém se atrevia a encorajá-los, nem a pará-los.

Quando deu meia-noite, Alicia foi para o quarto e Érica pegou a sacola que sobrara. Colocou-a no colo de Derek no instante em que Alicia chegou, e as duas exclamaram em uníssono:

— Feliz aniversário, Derek!

Arnold e a esposa ficaram surpresos – não sabiam a data do aniversário do garoto – e começaram a bater palmas, cantando parabéns junto com as garotas.

⌘ ◆ ⌘

Eram duas da manhã. A mãe de Kátia sugerira que Ivan e o pai dormissem em sua casa, porque era arriscado dirigir àquela hora, com as ruas desertas. Os festeiros deviam estar em suas casas, comemorando o Natal.

Os adultos da casa tinham ido dormir. Kátia e Ivan estavam acordados, conversando. Kátia estava com a cabeça e os braços pousados no encosto. Ivan, meio deitado, tinha a cabeça virada para ela.

— E a Viktoria? – indagou Kátia.

— O que tem ela?

— Vocês... – não sabia como perguntar aquilo. – Já ficaram ou algo assim? Meu Deus, eu não pareci mal-educad...

— Por que a gente ficaria? – Ivan fez a indagação. Parecia mais confuso do que ofendido.

— Bem... Você parecia gostar dela, e...

Ele riu.

— Pareceu? Confesso que me senti atraído por ela no início, mas depois que nos ajudou a descobrir sobre o atentado e Natasha... somos amigos, nada mais. Duvido que tenha sentido algo por mim. Por que a interrogação?

— Só quis saber... – ela se dispôs a continuar. Quando olhou mais uma vez para Ivan, ele a mirava fixamente.

— Kátia... Se existe alguém de quem gosto... é você.

Ele colocou a mão em seu rosto, aproximou-se e a beijou. Ela o beijou de volta, sorrindo.

⌘ ♦ ⌘

Iasmim rezava para que estivesse nevando tanto nos Estados Unidos que cancelassem o voo para o Cairo. As orações, ademais, não eram apenas para isso. Eram também para que não morresse desidratada dentro da jaqueta que Mahara lhe emprestara. Como se não bastasse a calça, viu-se obrigada a vestir a jaqueta. Era o único modo de sair do condomínio sem ter que vestir trajes muçulmanos. Não queria imaginar como estaria se usasse o *hijab* de Mahara.

– Não quer tirar a jaqueta? – Mahara e Mohammed perguntaram. Até Jamil a olhava com preocupação.

– Não posso me arriscar a ter mais alguém querendo me estuprar.

Receberam uma ligação da ODTI. O avião aterrissara e já estavam descarregando-o. Em menos de uma hora chegaram ao depósito, que ficava a dois quarteirões do condomínio. Alá não atendera suas preces.

A seu lado, ouviu Mahara suspirar quando viram os caminhões.

– Talvez eu devesse fazer uma última tentativa – disse.

– E o que iria dizer? – perguntou Iasmim. – *Com licença, pessoal. O que estão trazendo aí? Armas? Ah, desculpe, não permitimos esse tipo de material no depósito. Terão que voltar e comunicar a seu chefe. Atenciosamente, a ONG Alá no Coração.* Não vai funcionar, Mahara. Se tiver sorte, levará somente um tapa na cara.

Iasmim estava certa. Era tarde demais para fazer qualquer coisa.

Mahara assistiu, a distância, ao pessoal da ODTI, com auxílio dos homens da ANC, descarregar os caminhões. A expressão de triunfo de Jamil não passou despercebida a Iasmim.

⌘ ◆ ⌘

A cantora inglesa era a última atração do ano. Lisa abraçava a mãe, que abraçava Thiago. Magali tinha voltado para Brasília depois do Natal. Tessália e os pais estavam atrás deles, de mãos dadas.

Ao lado de Thiago, Daniel estava com um braço sobre Lúcia, que encostava a cabeça no ombro direito dele. *Pobre Julieta. Parece que encontrou uma rival.* Deu de ombros. *Bem, o que os olhos não veem o coração não sente. Principalmente quando o coração nem sabe que existe.*

Executado o último número, a cantora procedeu à contagem regressiva num português fácil de compreender.

– Dez!... Nove!... Oito!...

Mirna abraçou os filhos com mais força. Tessália levou as mãos dos pais, que segurava, para mais perto do rosto. Daniel e Lúcia se separaram pela primeira vez na noite e se aproximaram dos pais.

– Sete!... Seis!... Cinco!...

– Façam um pedido para 2016, rápido! – a mãe aconselhou Thiago e Lisa.

Ele desejou a primeira coisa que lhe veio à cabeça: *que Érica volte para nós.*

– Quatro!... Três!... Dois!...

Olhou ao redor. Todos sorriam, cheios de expectativas para o ano novo que se acercava. Era sempre assim e continuaria a sê-lo. A esperança falava mais alto. Foi então para o palco.

– Um! *Happy New Year*, Fortaleza!

O show de fogos começou. Todos se viraram para assistir. Thiago, Lisa, Daniel, Lúcia e Tessália saíram correndo para o mar, atropelando as dezenas de pessoas que ousaram ficar em seu caminho. Com os pés e as sandálias na água salgada, Thiago admirou o espetáculo. As luzes dos fogos coloriam o céu. A noite já não era negra. Repetiu então seu desejo de Ano-Novo:

Que Érica volte para casa.

Dezesseis

Conquanto fosse feriado, Guy estava trabalhando em seu escritório na Humphrey Ltda. Ele pesquisava algumas coisas no computador. Foram horas de trabalho árduo até encontrar tudo o que queria.

Ele devia ter suspeitado desde o começo. Ao recordar os últimos meses, percebeu que todos os sinais tinham estado ali, embaixo de seu nariz. Mas agora não era hora de pensar no quão distraído tinha sido.

Um plano se formava em sua mente. Teria que falar com seus parceiros antes de tomar a decisão final. Guy estava certo de que seria um plano perfeito.

A hora do revide tinha chegado.

⌘ ♦ ⌘

Natalie e Rachel estavam lanchando no Starbucks. A garçonete, que acreditava ser Jude o namorado de Natalie, perguntou por ele.

– Terminamos... há muito tempo.

Quando a funcionária se afastou da mesa para atender outros clientes, riu e confidenciou a Rachel.

– Meredith te contou que eu namorei Jude quando éramos mais novos?

A ruiva franziu a testa.

– Não... Meu Deus, vocês parecem mais irmãos do que... Não, não consigo imaginar vocês namorando.

Natalie riu alto. Quando se acalmou, tirou da bolsa o microgravador que pusera no colar de Meredith.

– Tome – disse, estendendo-o para Rachel. – O que fará com isso?

– Agora, nada. Mas o momento está próximo, e poderei usar contra Guy Humphrey. Talvez contra Calvin, se houver necessidade. Por falar em Calvin... Meredith ainda está saindo com ele?

– Não. Ele se cansou dela em três dias. Quem sabe virá atrás de mim.

– Boa sorte com isso.

Natalie assentiu vagamente. Rachel principiou a tossir. Tossiu com força.

– Você está bem?

– Estou – ela disse entre uma tosse e outra. – É só um resfriado.

Natalie franziu a testa. Não disse mais nada. A garçonete veio com o pedido.

⌘ ♦ ⌘

Mais uma reunião com os representantes dos membros da União Europeia, dessa vez não em Atenas. Era em Viena. Klaus convocara todos para uma reunião de emergência. Arnold estava confuso e preocupado. O que poderia ter acontecido?

Quando ele e Raimman chegaram à sala de reunião, a mesma onde os agentes mirins se reuniam a cada semestre, só os presidentes da Itália e de Portugal se apresentaram. Meia hora se passou até que todos chegassem e Klaus pudesse começar. Estava apreensivo.

– Tenho uma péssima notícia a dar aos senhores hoje – ele disse, tentando soar o mais neutro possível. – Espero que não defina nosso ano. Um de nossos agentes localizou um depósito subterrâneo no Cairo, cheio de armas de fogo. Acredita-se que serão usadas pelos egípcios em caso de uma luta armada acontecer por lá, o que indica que a Ordem pretende usar o Egito num possível conflito.

Mantendo o tom de neutralidade, prosseguiu:

– E não é só isso. Há depósitos iguais a esse em outros cinco países: Síria, Coreia do Sul, Israel, Rússia e Tunísia. Ou seja, os americanos têm no mínimo *seis* pontos estratégicos em caso de conflito.

Arnold fechou os olhos. A guerra estava no portão do jardim de sua casa. Mais alguns passos e estaria na porta. Faltava pouco.

⌘ ♦ ⌘

Magali passeava pela Praça dos Três Poderes, seguindo um grupo de turistas, quando viu Júlio César sair do Palácio do Planalto com uma loira. Sua primeira reação foi ficar com ciúmes. Eles podiam não estar namorando, mas isso não dava ao garoto motivo para sair com outras jovens!

Atentou para a garota. Os cabelos loiros eram claros, a pele era branca como uma folha de papel, os lábios...

Ai, meu Deus. Ela levou um susto. *Aquela garota é a Érica?*

Ela se misturou ao grupo de turistas, escondendo-se dos dois. A garota desapareceu. Andou ao encontro de Júlio César, que entrava de volta no Palácio do Planalto.

– Júlio!

Ele sorriu ao vê-la. Quando o alcançou, ele lhe deu um beijo rápido na boca.

– O que foi, querida?

– Com quem você estava falando?

Ele franziu a testa.

– Magali, se está pensand...

– Não é nada disso. Quem é ela?

– Uma garota da Alemanha. Quero dizer, é brasileira, porém trabalha na Alemanha. Veio falar com meu pai sobre um assunto de Estado.

– Da Alemanha... Você sabe o nome dela?

– Érica. Érica Santana, se me lembro bem.

O coração dela acelerou. Érica voltou? Não acredito! Graças a Deus!

– Tudo bem, Magali? – Júlio a olhava com ar preocupado.

– Júlio, você não vai... Aquela... É a melhor amiga do meu irmão! A Érica, eu te falei dela uma vez!

– Não... Não pode ser. Essa sua amiga tem dezesseis anos, não é? Essa moça *trabalha para o governo alemão*. Vai partir, inclusive. Nem se hospedou. Não pode se ausentar do trabalho por muito tempo.

Para Magali o fato de Érica trabalhar para o governo da Alemanha mal fora processado.

– Temos que alcançá-la, Júlio! Ao aeroporto *agora*! *Pelo amor de Deus, Júlio, temos que ir*! Essa pode ser nossa única chance de falar com a Érica!

Ele pôs as mãos nos ombros dela, tentando sossegá-la.

– Fique calma, Magali. Estamos indo ao aeroporto, agora, mas relaxe. Ficar nervosa não vai ajudar a encontrá-la.

Dentro do carro oficial, Magali não deixou de pensar por que Érica não passou por Fortaleza ou por que voltaria à Alemanha tão cedo. *Talvez não queira ser encontrada.* Tal pensamento a desesperava e a deixava com raiva. Se Érica não queria ser encontrada, *azar dela*. Falaria com ela e descobriria por que os tinha deixado, por que não tinha falado mais com eles. Ah, se ia.

⌘ ♦ ⌘

Érica chegou ao aeroporto. Sorte que tinha realizado um *check in* antes de falar com Jaime Carneiro; não perdeu tempo em filas quilométricas. Afinal, não tinha bagagem para despachar. Viera com um livro, o celular, o iPod, um kit de maquiagem e a roupa que usaria para falar com o presidente, tudo numa mochila.

Tinha visto Magali quando deixou o Palácio do Planalto. Moveu-se o mais casual possível. Mal saiu do campo de visão da universitária e tomou o primeiro táxi livre que apareceu.

Não queria que Magali a visse. Não queria falar com ela. Não queria acender quaisquer esperanças de que fosse voltar ao Brasil um dia. Porque ela não iria. Não enquanto estivesse ligada à Europol. E duvidava que dela fosse se desvincular um dia.

Quando o agente atingia a maioridade, a Europol automaticamente o colocava no setor de agentes adultos, a menos que ele quisesse sair para tentar outra vida. O que era raro. A maioria ficava; o que fariam lá fora, afinal? A imensa maioria fora treinada para a espionagem desde a infância e colocada para o serviço aos doze ou treze anos, às vezes aos onze. Aquilo era tudo que sabiam fazer. Caso saíssem, poderiam tornar-se policiais ou professores de idiomas. Na melhor das hipóteses, porque os que se retiravam geralmente voltavam, alegando estar desempregados.

Érica tinha a vantagem de ser uma excelente dançarina e ter uma voz agradável de se ouvir. Isso abriria uma ou duas portas para ela... Mas era arriscado. Provavelmente ficaria na Europol para sempre. Ela, Derek, Sofia... todos.

Ao saber que teria de ir a Brasília, pediu que mandassem outra pessoa. Não foi possível. Klaus queria enviar um agente que falasse português e, dos oito agentes que dominavam o idioma, seis estavam em missão. Os outros dois eram Érica e Derek. Era arriscado mandar Derek para o Brasil, pois não se sabia como andavam as investigações do assassinato dos pais de Érica. E se o garoto estivesse entre os suspeitos?

Que ridículo isso de só querer mandar um agente que fale português. Duvido que o presidente não saiba falar inglês. E se não soubesse, pediria um intérprete. Lula fazia isso sempre, e isso não afetou em nada a política externa brasileira. Tentar convencer Klaus disso foi um fracasso.

Suspirou de alívio ao entrar na sala de embarque. Nenhum sinal de Magali.

⌘ ♦ ⌘

– Magali, tarde demais. O voo está saindo.

Magali explorou a tela que indicava os próximos voos, a mesma que Júlio César olhava. O voo de Érica para São Paulo, de onde pegaria outro para Frankfurt, estava saindo.

– Desculpe, Júlio.

Ele a abraçou.

– Não tem por que se desculpar, querida. – Afastou-se e a olhou com atenção. – Vamos falar com ela. Trabalha para o governo alemão. Não deve ser difícil obter alguma informação.

– Ele beijou sua testa. – Agora vamos voltar. Meu pai deve estar achando que a gente fugiu no carro oficial.

– Não seria inteligente da nossa parte, seria? – ela comentou, e eles riram.

Júlio lhe dera uma esperança. Talvez fosse possível contatar Érica através do governo alemão.

⌘ ♦ ⌘

– Quer realmente fazer isso, Guy? – perguntou Jared. Guy estava reunido com os líderes americanos da ODTI e o seleto grupo de codiretores da Humphrey Ltda., discutindo seu plano.

– Sim.

– É uma decisão radical, Guy. Não poderá voltar atrás.

– Eu sei. É por uma causa maior. Se não fizer isso, nosso esforço irá pelo ralo.

Larry interveio.

– Por que não m...

– Já pensei nisso – Guy o interrompeu. – Não vai causar a reação que queremos.

Um silêncio irrompeu, seguido por movimentos de cabeças. Guy acrescentou:

– Vamos repassar o papel de cada um nesse plano...

⌘ ♦ ⌘

– Isso é válido, Júlio?

Ele mal pronunciou um *sim*, concentrado no que fazia. Magali engoliu em seco. Jaime voltaria a qualquer momento.

Não seria legal se os flagrasse tentando descobrir o telefone do gabinete do chanceler da Alemanha. Não podia deixar de se sentir culpada ao imaginar o que ocorreria.

– Achei! – ele exclamou, erguendo a agenda. Fotografou uma das páginas e a guardou. Tiraram com discrição as luvas e foram para a saída do Palácio do Planalto. Na rua, Magali perguntou a Júlio César:

– O que vamos dizer a eles quando a gente ligar?

– A verdade, ora.

– Como assim? *Ei, aqui é o filho do presidente do Brasil. Uma garota veio aqui, o nome dela é Érica Santana, e a gente queria falar com ela, saber onde mora... É que ela partiu há um ano e desde então ninguém tem notícias dela. A família está desesperada.* É isso que você vai dizer?

– Claro que não. Vou ser mais formal.

Magali estava incrédula. Júlio falava sério.

Pediram ao motorista do carro oficial que lhes desse uma carona para o Palácio da Alvorada, onde agora Jaime e a família moravam. Como não podiam usar o telefone do gabinete do presidente, decidiram que deviam ao menos usar o do escritório da casa.

Magali não parou de tamborilar os dedos na mesa. Júlio discava o número e esperava. Somente parou quando ele disse "alô".

Ele falou algumas coisas em inglês, nas quais Magali não teve interesse. Estava mais concentrada na expressão de seu rosto. Ao ouvir algo da outra linha, franziu a testa e perguntou se tinha certeza. Ao ouvir a resposta, pediu desculpas e desligou.

– Não há ninguém chamado Érica Santana trabalhando para o governo. Disseram que deve atuar em alguma coisa *relacionada* ao governo. Ou talvez o faça para a União Europeia e tenha dito que representava a Alemanha, orientada pela União.

– Melhor desistirmos, Júlio. Ela não quer ser encontrada. Talvez seja melhor assim.

– Magali, essa pode ser sua única chance de descobrir o que aconteceu com sua amiga. Não, não vamos desistir. – Ele viu a foto no celular. – Olha que sorte! O telefone do Banco Europeu também está aqui. Pode ser que isso nos ajude.

Não ajudou. O presidente, Arnold Klein, não sabia quem era Érica Santana.

⌘ ◆ ⌘

Quando Rachel chegou ao prédio da ODTI, foi informada de que Guy a esperava em sua sala. Ela agradeceu ao portador do recado e começou a tossir. Vinha tendo crises de tosse constantemente. A tosse, dessa vez, foi mais longa porque se engasgou com... Não era saliva. O líquido tinha gosto estranho. Decidiu ignorar aquilo e abriu a porta quando a tosse parou.

Guy estava sentado na cadeira giratória e mal notou a presença da ruiva. Fez um sinal para que fosse a ele. Ela franziu a testa. Geralmente, quando os dois estavam na sala, ela ficava do outro lado da mesa de vidro. Somando isso à expressão de Guy, tinha motivos para começar a se preocupar. O que estava acontecendo?

– Vou embora, Rachel – disse quando os dois estavam frente a frente.

– Como assim, vai embora? – conteve-se para não gritar. Ele ia *fugir*? – Não pode ir. – Ele *não podia* fugir. Ia acabar com os planos dela. – Está tudo tão bem!

– Não dá, Rachel. Não dá mais. À medida que nosso objetivo se torna mais concreto, mais me dou conta *do que* ele significa. Quantas vidas se perderão... Vidas inocentes... Vidas como a de Natalie e Jeremy...

Natalie e Jeremy..., pensou Rachel sem entender direito e perguntou:

– O que os Hill têm a ver com isso?

Ele sorriu como se fosse um velho recordando a adolescência.

– Tudo, Rachel. – Pegou dois envelopes. – Tome. Um é para você, outro para eles. Não abra o seu agora, só quando estiver em casa.

Ela pegou os envelopes e olhou de volta para ele, confusa.

– Está na hora, Rachel. Hora de ir-se. Cuide de tudo. Sei que fará isso. Tão nova, mas tão madura...

Abriu a gaveta e se virou para Rachel. Segurava uma arma.

– Adeus, Rachel. Mande lembranças para Natalie e Jeremy.

– O q...

Não pôde terminar a frase nem reagir. Ele pôs a arma na boca e apertou o gatilho. Ela pulou para trás e evitou ser atingida pela explosão de sangue e pedaços de cérebro que veio a seguir. Com o susto, tossiu. Levantou o olhar para a cabeça de Guy, que caíra como se tivesse sido cortada fora.

A cabeça estava tão ensopada de sangue que não dava para saber onde estava o buraco da bala. A boca estava meio aberta, como se o maxilar inferior tivesse perdido a força e cedido à gravidade. Aquilo assustava Rachel. Assustava-a tanto que não percebia o sangue que expelia ao tossir, que caía no chão e se misturava ao do morto.

Dezessete

Natalie e Jude estavam assistindo a *Glee*. De repente, a campainha tocou. Natalie foi atender. Era Rachel. Estava pálida. Sem dizer nada, entrou e se sentou numa poltrona. Natalie correu para seu lado.

– O que aconteceu, Rachel?
– Guy Humphrey se suicidou na minha frente.

O mundo pareceu parar por um minuto. Em câmera lenta (pelo menos para Natalie), Jude caminhou em sua direção.

– Guy Humphrey? O cara que nos sequestrou há um ano? – Ela confirmou. – O que a morte dele tem de significativo?
– É uma longa história, Jude.

As coisas estavam voltando ao normal.

– Isso é bom, não é, Rachel, ele estar morto?
– Não sei se a morte dele fará muita diferença, Natalie. Há mais gente envolvida nisso. – Ela pegou um envelope, cuja existência só agora a morena percebera. – Ele mandou isso para você e para seu pai.
– Para mim? Por quê?
– Não sei dizer.

Natalie pegou o envelope com cautela, como se nele contivesse antraz. Abriu-o com igual cuidado e encontrou um papel. Uma carta.

Queridos Jeremy e Natalie,

Como a Srta. Madison já lhes deve ter dito, suicidei-me. Antes de me despedir, decidi contar um segredo há muito preso na garganta.

Você, Jeremy, falou mais de uma vez a Natalie sobre seu casamento com Dorothy. Creio ter omitido que se converteu ao cristianismo para poder se casar. Sim, Natalie, você tem origem judaica. E é aí onde entro na história. Fiquei irado com Jeremy. Na minha cabeça, meu querido irmão gêmeo tinha traído a família, e Dorothy era a responsável. Jurei vingança não só contra ela, mas contra todos os cristãos.

Vocês devem estar se perguntando: você não estava morto? Estou, mas somente agora. O corpo encontrado no acidente do barco era de um homem chamado Carl Rider. Forjei o acidente para que não me procurassem mais.

O resto da carta descrevia todas as atrocidades que Guy cometera ao longo dos anos.

Foi quando chegou o dia em que a luz veio a mim. Infelizmente, percebi tarde demais que não posso querer matar todos os cachorros só porque o de meu vizinho fez cocô em meu quintal.

Não há mais o que dizer. Adeus.
Jack Hill

Ela ficou tonta e percebeu que iria cair, mas sentiu os braços de Jude amparando-a.

– O que foi, Natalie? – Ela o ouviu perguntar. A voz parecia distante. O mundo girava e escurecia.

– Guy Humphrey nasceu Jack Hill. Irmão gêmeo do meu pai.

O mundo escureceu, e ela perdeu os sentidos.

⌘ ◆ ⌘

Rachel seguiu para casa desnorteada com o que lhe tinha acontecido. Nem parou no apartamento de Meredith para dar as bombásticas notícias. Queria ler a carta que Guy (Jack) lhe escrevera. Assim que entrou em casa abriu o envelope e leu a carta.

Devia ser mais cuidadosa, querida. Você achava que passaria despercebida sua "curiosidade" sobre Natasha e Mao? Sem falar em seu constante contato com o pessoal do Egito.

Ele descobrira tudo. Pôs a mão no coração. Estava a mil. Não se surpreenderia se tivesse um ataque cardíaco naquele instante.

Gostou do drama da cartinha que escrevi a Jeremy e Natalie? Algumas coisas são verídicas, mas a maioria é mentirosa ou distorcida. Quer um exemplo? A Humphrey Ltda. já existia antes do casamento de Jeremy. Uso o nome Guy Humphrey há mais tempo do que pensa. O maior motivo para eu querer esses ataques é a revanche dos judeus contra o mundo que nos oprimiu por milênios. Além disso, o dinheiro que ganharia com isso é uma razão apetitosa...!

Como tinha deixado as coisas atingirem aquele ponto? Como tinha sido tão burra a ponto de ser descoberta? Agora tudo estava terminado. Os demais líderes sabiam daquilo. Se tivesse sorte, seria apenas expulsa da ODTI e chantageada para ficar quieta. Mas essa pressuposição era muito boa para ser possível. *Vou morrer*, pensou, sentindo os pelos da nuca se arrepiarem. Lembrou-se do atentado a Natasha Danilovich. Rezava para que, pelo menos, fosse a única vítima.

A polícia vai investigar se minha morte foi por suicídio ou por assassinato, e vai culpá-la. Reparou que a carta entregue aos

Hill tinha a letra tremida? Isso fará com que seus próprios amigos se voltem contra você. Ficará sozinha. Será perseguida pela ODTI, pelos meus aliados e pela polícia americana – no mínimo. E minha "gente de confiança" aproveitará a confusão para dar os passos finais a fim de começar o extermínio. Assim, vingo-me da senhorita e alcanço meu objetivo maior. Seu trabalhozinho de amadora não terá valido coisa alguma. E estarei dançando "Gangnam Style" alegremente no meu túmulo. Divertido, não?

– Vá dançar *Gangnam Style* no *inferno*, idiota! – gritou, jogando a carta no chão. Pegou-a e a releu. Deteve-se em duas palavras: *letra tremida*.

A caligrafia da carta não era de Guy. Se a usasse como prova, diriam que era falsa.

– *Desgraçado*! – gritou de novo. – Vai pagar caro pelo que fez, Guy. Ainda não sei como vou me vingar de você... Quem irá dançar *Gangnam Style* no seu túmulo sou *eu*!

Massageou as têmporas para pensar melhor. Ao longo do fim da tarde e da noite, acalmou-se. Não arquitetou plano algum. A única coisa que poderia fazer naquele momento era fugir. Voltar à Espanha. Era o único modo de se salvar. Sabia que sua fuga não a ajudaria a provar sua inocência, mas... Não havia quase nada a fazer para provar que era inocente. Sobrava-lhe traçar um plano para evitar que o de Guy se concretizasse.

⌘ ♦ ⌘

Chang estava trabalhando quando Ling ligou. Estava miraculosamente sóbria.

– Mia está aqui. Quer falar com você. Agora.

– Estou trabalhando, Ling. Pode dizer isso a ela?

– É sobre seu pai.

Ela desligou. Ele foi falar com o chefe. Este não ficou feliz por Chang ter que sair mais cedo; sabia da história de seu pai. Não deixaria o coitado tão apreensivo. Era prejudicial, inclusive, para o trabalho.

Chang dirigiu às pressas para casa. Lá, Mia e Ling o esperavam. A detetive o olhou com ternura. Não gostou daquilo.

– O que aconteceu, detetive?

Ela manteve o olhar terno.

– Chang... O presidente deve ter lhe dito que um grupo americano disse estar com Mao e está determinado a matá-lo se a China não se aliar aos Estados Unidos. Estão mentindo. Sinto muito, Chang. Seu pai está morto. Foi assassinado no dia 13 de outubro de 2015. Morreu intoxicado numa câmara de gás.

⌘ ◆ ⌘

– *Morto. Há mais de três meses.* – Mia comunicou delicadamente. O presidente chinês estava assumindo a cor da bandeira do país. – E aqueles *desgraçados* ficaram dizendo que estava *vivo*! – gritou, batendo com força na mesa. Os seguranças, que não tinham sido dispensados dessa vez, não se moveram.

– Bem – declarou a detetive – Vossa Excelência agora está livre para recusar o apoio aos Estados Unidos.

– Pelo menos isso. Mas será que vale a pena? Quem garante que nossas forças poderão enfrentar os americanos?

Mia ficou em silêncio. Inexistia resposta para aquela pergunta.

⌘ ◆ ⌘

A casa abrigava os consultórios de um ginecologista, um pediatra, um clínico geral e um psiquiatra. A recepcionista, ao ver Érica e Derek juntos, quis saber se a consulta marcada era com o ginecologista.

– Não – informou Derek, já que Érica não entendeu a pergunta em alemão. – Nossa consulta é com o Dr. Hirzg, o clínico geral.

A recepcionista alternou o olhar entre os dois, como se tentasse deduzir quem era o paciente. Desistiu e gesticulou indicando que se sentassem.

Não esperaram muito. Logo entraram. Derek parou entre a porta e a mesa do médico, encarando-o. Érica fechou a porta e olhou para eles, confusa.

– Você mudou de nome? – indagou Derek após um minuto de olhares fuzilantes.

– Claro – respondeu o médico que não se chamava Hirzg. – Você acha seguro sair por aí com seu nome verdadeiro quando tem culpa no cartório?

– Alguém pode me dizer o que está acontecendo? – interrogou Érica timidamente.

Derek agiu como se só então tivesse notado a presença dela ali.

– Érica, este é Haley Bloom, um dos assassinos dos seus pais. – Ele ficou de frente para o médico. – Haley, esta é Érica Santana, a filha do casal que você matou. *Aquela* garota.

Haley mirou Érica. Sua face não transmitia nenhuma emoção. Ele perguntou:

– Ainda quer que eu a atenda?

Sua expressão não mudou.

– Se não me matar...

– Querida, se quisessem vê-la morta, não estaríamos aqui conversando. Presumo que saiba disso.

Ela se sentou numa das cadeiras dos pacientes. Derek se pôs a seu lado.

– O que a traz aqui? – Haley reassumiu sua postura profissional.

– Venho tossindo muito. Também sinto dor no peito e falta de ar. Algumas manchas apareceram no meu corpo: nas costas, nas pernas, na cintura e no colo. Não sei de onde elas vieram. E a minha gengiva sangra sempre que vou escovar os dentes.

– Há quanto tempo isso vem acontecendo?

– Há umas três semanas.

Ele pegou um papel de requisição de exames. Fez anotações e estendeu a folha para Érica e Derek.

– Aqui estão alguns exames que deve fazer, Érica. Faça-os o mais rápido possível.

Silêncio. Érica continuava com a mesma expressão fria.

– Como se sente agora? – indagou. – Com relação ao que fez com meus pais?

Aquela pergunta surpreendeu Haley. Pensou antes de responder.

– Horrível. O que podia fazer? Se não tivesse obedecido aos meus superiores, Derek, Calvin e eu teríamos sido mortos, e outros teriam sido mandados para fazer o serviço. E nesse caso a morta teria sido *você*, Érica. Seu sofrimento pela morte dos seus pais não é *nada* comparado ao que *eles* sentiriam pela *sua* morte.

Ela nada disse. Ele se recostou na cadeira.

– Só isso? – ela perguntou, levantando a requisição dos exames. Ele concordou. – Vamos, Derek. Foi um prazer conhecê-lo, Dr. Bloom.

Não havia ironia detectável em sua voz.

– O prazer foi meu, Srta. Santana.

⌘ ♦ ⌘

A reunião de Mohammed e Jamil foi interrompida por batidas frenéticas na porta. Quando Jamil abriu, Iasmim entrou quase correndo na sala.

– Mahara me mandou um e-mail – ela anunciou. – Guy Humphrey morreu. Primeiramente acharam que tinha sido suicídio, mas há pistas que apontam para a secretária, Rachel Madison. Ela fugiu no dia seguinte à morte, o que aumentou as suspeitas.

Mohammed lutava para esconder o alívio que sentia. A morte de Guy significava o fim da ODTI e, com ela, a guerra iminente. Jamil não escondia a decepção.

– Quer dizer que todos esses meses de trabalho e esforço vão por água abaixo porque uma secretariazinha de nada matou Guy?

– Duvido que *secretariazinha de nada* seja uma expressão adequada – disse Iasmim.

Jamil a ignorou.

– E Mahara? Está nos Estados Unidos, não está? Quem garante que essa tal Rachel não matou Guy a mando da Mahara? Todos sabem que ela é contra essa guerra.

– Assim como eu e Iasmim – retrucou Mohammed. – Só *você* quer essa idiotice, Jamil.

– Vocês não teriam como matar Guy, teriam? Mahara tinha. Vive indo a Washington. Estava planejando isso e convenceu a secretária a fazer o serviço sujo.

– Jamil, tem consciência da asneira que está dizendo? Acusar Mahara da morte de Guy? É como acusar o cachorro de Hitler de tê-lo matado. Essa Rachel deve ter agido sozinha.

Mas Jamil não estava convencido. Saiu da sala sem dizer nada. Em sua mente, um plano era arquitetado. Iria encontrar e matar Rachel e Mahara. Eram uma ameaça à guerra. *Tinham que ser eliminadas.*

⌘ ♦ ⌘

Érica fez todos os exames. Quando reencontrou Haley, este analisou os resultados e deu o diagnóstico com pesar:
– A senhorita tem leucemia.
Derek se espantou. Érica não esboçou reação.
– Verdade? – perguntou com calma, como se ele tivesse comentando alguma notícia espantosa que lera no jornal.
– Absoluta. Suspeitei disso quando disse que tinha hematomas estranhos e que sua gengiva sangrava. Ao pedir um hemograma e um mielograma queria ver se havia alterações no sangue. A radiografia do tórax detectou que você está com hemorragias por todo o pulmão, Érica. Terei que pedir mais exames para verificar se há hemorragias em algum outro órgão. É urgente que comecemos a poliquimioterapia e as transfusões.
Érica não demonstrou abalo.

⌘ ♦ ⌘

Xiaoli e Wu estavam ansiosos. Tinham realizado fertilização *in vitro* e agora fariam a ecografia. Era essencial saber se tinha dado certo, porque não eram raros os casos em que o bebê originado desse processo fosse expulso pelo organismo da mãe.

Se tudo desse certo, seria a primeira boa notícia da casa desde o anúncio da morte do pai de Chang. Desde então, fumava com maior frequência. Ling, por sua vez, passou a beber mais quando foi demitida (o que era previsível, considerando que a produtividade dela caíra com a bebida). Talvez o anúncio de uma nova vida acalmasse os corações dos jovens.

O médico os recebeu alegremente. Perguntou se estavam bem e se Xiaoli tinha sentido algo estranho.

– Não, doutor. Estou perfeitamente normal.

Ele fez a ecografia, constatando, para a imensa alegria do casal, que não houve expulsão. Wu e Xiaoli voltaram esperançosos para casa. O tão sonhado filho viria. Talvez Chang e Ling se animassem.

⌘ ♦ ⌘

Hemorragias no pulmão e no útero causadas pela redução drástica de plaquetas no sangue, além de uma queda estonteante no número de hemácias. Haley se impressionara com a ausência de sintomas relacionados à falta de hemácias.

– *Que maravilha* – disse com sarcasmo. Estava com Derek e Alicia na casa desta. – Sobrevivo à Ordem das Doze Tribos de Israel para ser morta pelo meu próprio corpo.

– Não fale assim – disse Alicia. – O doutor disse que há tratamento.

– Ele está com *remorso* porque matou meus pais e acha que pode se redimir com minha cura. Não duvido que esteja enganando a si mesmo.

– *Chega* – disse Derek. – Não estou *nem aí* se você acredita na sua cura ou não. Você *vai* começar a quimioterapia amanhã. Goste ou não.

– Certo. Mas que tal a gente ir ao cinema hoje? Gostaria de ver o sétimo episódio de *Star Wars*. Dizem que nem parece que foi feito pela Disney.

⌘ ◆ ⌘

Lúcia e Daniel andavam de mãos dadas pelos corredores da escola, apesar dos constantes chamados dos fiscais. Ele a levou a um banco no terceiro andar relativamente isolado da barulheira do intervalo.

– Daniel – disse Lúcia quando se sentaram –, e aquela sua Julieta perdida? A coitada deve estar se sentindo traída.

Ela riu, e ele riu junto. Seus olhares se encontraram, e ele se perdeu naqueles olhos verdes que pareciam sugá-lo para um bosque digno de conto de fadas...

Os olhos.

Como não tinha percebido antes?

Bateu a cabeça na parede. Não se importava se tivesse uma concussão (ou qualquer complicação que resultasse de uma paulada na cabeça). Merecia. *Como pude ser tão burro?* Enquanto pensava isso, ria alto.

– Daniel... você está bem?

Parou de bater a cabeça na parede e contemplou os olhos verde-bosque.

– Como pude ser tão... *burro e cego*? Não vi algo que estava na minha cara esse tempo todo!

– E... O que estava na sua cara?

– Seus olhos, Lúcia. São *iguais* aos que vi quando estava bêbado na festa da Érica... *Você* é minha Julieta perdida!

Ele lhe deu um beijo com alegria. Ela deu um risinho e o beijou. Quando os dois se afastaram, ela riu.

— Você é cego mesmo, Daniel! Levou quase *dois* anos para descobrir!

Os dois riram e se beijaram de novo. *Thiago vai rir muito quando souber disso*, pensou Daniel entre os beijos e as risadas.

⌘ ♦ ⌘

Quando Iasmim veio de uma rara visita à mesquita (tinha receio de ir lá por causa das roupas), foi recebida com um recado.

— Mohammed quer vê-la.

Agradeceu o mensageiro e seguiu para o escritório de Mohammed. Entrou na sala e curtiu o ar condicionado. Lá fora estava quente.

— Iasmim, pode sentar-se.

A voz de Mohammed a tirou de seus devaneios sobre o calor. Ela o fitou, curiosa.

— Tenho uma má notícia e um convite.

— Um convite? Não seria uma boa notícia? É o que dizem em geral.

— É, no caso, é um convite. O que quer ouvir primeiro?

— A má notícia.

— Jamil se foi. Colocou na cabeça que tem de encontrar Rachel e Mahara. Já avisei a Mahara para não voltar para cá nem ficar nos Estados Unidos. Não disse aonde vai.

— Jamil quer encontrar Mahara e Rachel para...?

— Matá-las, claro. E, tendo em vista que relataram o sumiço de uma arma no depósito, acredito que queira estourar os miolos delas.

Uma maneira não muito ortodoxa de fazer justiça com as próprias mãos, pensou Iasmim com amargura.

— Ah, e o convite. — Mohammed interrompeu seus pensamentos novamente. — Gostaria de ser promovida a vice-presidente, Iasmim?

Ela pulou da cadeira. Um convite tão... inesperado, para dizer o mínimo!

— Como assim, Mohammed?

— Vice-presidente. Teria quase tanto poder quanto Jamil e eu. E, da forma como ele vem agindo, acredito que sua incorporação à equipe possa ajudar a balancear as coisas.

Iasmim ficou a pensar. E concordou. Mohammed estava satisfeito.

⌘ ♦ ⌘

Érica foi direto para casa depois da primeira sessão de quimioterapia e também da primeira transfusão. Sentia-se cansada e com náuseas. Haley disse que esses e outros efeitos eram normais, mas era melhor do que morrer, não era?

Definitivamente era. Isso não fazia o tratamento menos cansativo, chato e nauseante.

Arrastou-se para seus aposentos e se deitou, sem trocar de roupa. Quando percebeu, era noite. Estava exausta, mas conseguiu se levantar.

Foi à cozinha e reuniu forças para preparar um achocolatado. Sorveu-o sem pressa enquanto uma ideia passava por sua cabeça. Quanto mais pensava nela, mais se tornava lógica. Era obrigada a fazer aquilo. E rápido.

Preparar o chocolate e tomar aquela decisão tinha eliminado suas forças. Regressou ao quarto e mergulhou no sono, com as roupas com que fora à sessão de quimioterapia.

⌘ ♦ ⌘

De manhã, Érica disse que ainda estava sem condições de sair de casa. Derek deu de ombros. Não tinha planos para aquele dia e Klaus não lhe dera nenhuma incumbência nova. As horas passaram tediosamente; o menos banal foi arrastar Érica para a transfusão diária.

No outro dia, encontrou um bilhete debaixo da porta:

Estou a caminho de Fortaleza. Decidi que é melhor continuar o tratamento lá. Se precisar falar comigo, aqui está o telefone do hotel onde ficarei.

Anotou o telefone do hotel, amassou e jogou o papel no lixo. Sentou-se na cama, a cabeça entre as mãos. *O que você fez, Érica?*

Conhecendo a amiga, sabia que, transcorridos dois anos sem dar notícias, não tinha ido a Fortaleza simplesmente porque queria continuar o tratamento entre a família e os amigos. Tinha um objetivo. Tentou pensar em qual seria. As peças foram se encaixando, e ele chegou a uma conclusão. Rezava para que estivesse errado; não podia se dar ao luxo de arriscar. Érica já deveria estar perto de São Paulo. Telefonou para o hotel pedindo o endereço e depois para Arnold.

– Arnold Klein, presidente do Banco Europeu – atendeu com voz protocolar.

Em circunstâncias normais, Derek pediria, pela centésima vez, que Arnold salvasse o número dele no celular. Estava à beira do desespero, o que não seria considerada uma circunstância comum.

– Você disse que o filho do presidente do Brasil ligou para perguntar sobre a Érica e que você falou não saber nada a seu respeito, foi isso?

– Confirmo... O que foi, Derek?
– Tem como ligar para esse menino?
– Tenho, por quê?
– Ligue e diga a ele que sabe quem é Érica. Fale que ela está indo a Fortaleza e que vai ficar neste endereço – recitou o endereço, e Arnold anotou. – Alguém tem que ir atrás dela. Pode fazer isso o mais rápido possível?

Ele não buscou saber o que estava acontecendo. Disse que ligaria. Derek agradeceu e desligou. Vestiu-se e foi à cozinha preparar o café da manhã. Antes de pegar um táxi para o aeroporto, fez uma ligação para uma última pessoa. Uma que – ele não duvidava – o ajudaria.

– Alô?
– Sofia? Preciso da sua ajuda. Érica está prestes a fazer uma grande tolice.

⌘ ♦ ⌘

Arnold ligou para o telefone do qual o filho de Jaime Carneiro discara para ele assim que terminou de falar com Derek, mas Júlio César somente soube do recado no final da tarde, quando seu pai o recebeu da secretária.

– É para seu filho.

Apesar de curioso, Jaime respeitou a privacidade do filho e não leu a mensagem, apenas a entregou. Júlio César abriu o bilhete.

De: Arnold Klein, presidente do Banco Europeu
Para: Júlio César Carneiro
Eu sei quem é Érica. Está indo a Fortaleza. Alguém deve ir até ela. Ela se hospedará neste hotel.

Abaixo estava o endereço de um hotel que ficava na Beira-Mar.

Júlio ligou para Magali e explicou o que aconteceu.

– Vou ligar para o Thiago. Ele irá recebê-la no aeroporto! Aí diz a hora da chegada?

– Não. Diz para a encontrarem no hotel.

– Tudo bem, ele vai lá. Ai, graças a Deus, ela voltou!

⌘ ♦ ⌘

Assim que desceu do avião, Érica foi o mais rápido possível para o banheiro próximo às esteiras de bagagem. Graças a Deus havia uma cabine livre. Entrou. Mal fechou a porta, vomitou o que tinha comido nas últimas dez horas.

Saiu do banheiro tonta e exausta. Ergueu o capuz para esconder a palidez no rosto e foi ao ponto de táxi mais próximo, onde entregou um papel com o endereço do hotel. Estava fraca demais para recitar o endereço. A mulher pareceu notar sua fraqueza e pediu que o taxista a conduzisse ao carro.

– Não quer ir para o hospital?

– De modo algum. – Foi enfática.

Ao sair do aeroporto, viu o anúncio de uma das maiores escolas particulares da cidade comunicando que tinha sido a que mais aprovara no ITA e no IME. Outra, por sua vez, alardeava que 25 alunos seus tinham alçado a nota 1000 na redação do Enem.

No caminho, gesticulou, pedindo que desligasse o ar-condicionado. Estava tremendo de frio.

Demoraram a chegar ao hotel. Fornecer os dados que o recepcionista pediu foi um desafio. Os lábios não pareciam ter forças para se mexerem. Arrastou-se até o elevador.

O quarto era composto de uma salinha, onde ficava o frigobar, e uma mesa. Um pequeno corredor levava ao banheiro e à cama. Érica estava ávida por se deitar e com vontade de urinar. Antes, com esforço, tirou do bolso interno do casaco um grosso envelope e o colocou sobre a mesa. *O mais importante está feito.*

Suas mãos tremiam enquanto abaixava as calças e se sentava no vaso sanitário. Usualmente tomava cuidado para só encostar as pernas no assento; agora era impossível ficar naquela posição.

Doeu ao urinar. Seu pescoço estava rígido ao baixar a cabeça para tentar encontrar a causa da dor. E ali estava: pequenas pedras repousavam no fundo do vaso. Um arrepio subiu pela espinha.

Não se lembrava de como se levantara e subira as calças. Não fechou o zíper nem o botão, tampouco deu descarga. Arrastou-se à cama, deitando-se na beirada com dificuldade.

Teve vontade de tossir, mas não possuía forças para isso. Sentiu o sangue subir pela garganta e não lograva engolir, tossir ou sequer engasgar-se. Viu o líquido escarlate escorrer pela boca sujar o casaco e pingar no chão.

Foi quando percebeu que não estava cansada. Os músculos estavam paralisando. As pálpebras já não respondiam a seu comando e as mãos pararam de tremer.

O sangue escorreu pela boca. Tentou pensar em algo; a razão também a deixava aos poucos. Tudo o que lhe ocorria era que logo o diafragma e o coração também parariam, e em como a morte tinha vindo em boa hora. Era o que ela necessitava.

⌘ ◆ ⌘

Era o começo da noite quando Derek e Sofia chegaram. Tinham ido de Frankfurt e Viena, respectivamente, a Roma e de lá pegaram um voo direto para Fortaleza. Saíram correndo do avião. No saguão, Derek viu uma face que conhecera quando espionava Érica.

Thiago Nogueira estava parado em frente ao desembarque internacional, à espera de Érica. *O que falaram para ele?* Derek estava preocupado demais para ficar com raiva. Foi até o garoto. Sofia o seguiu, confusa.

– Thiago Nogueira? – disse, tocando-o no ombro. Ele se mostrou surpreso.

– Sim, sou eu. E você é...?

– Derek Schwan. Esta é Sofia Zürichen – apontou para a garota, que estava calada. Não sabia português. – Nós somos amigos de Érica. Ela está em perigo, Thiago. Nós temos que ir ao hotel, agora.

– Ela já chegou? Tinha entendido que ainda ia chegar, por isso vim aqui. Supus que fosse melhor recebê-la no aeroporto.

Derek segurou o braço do garoto.

– Vamos. Só Deus sabe o que ela está fazendo agora.

Thiago o guiou ao carro de seu pai. Este indagou sobre a demora e sobre os dois estranhos que entravam em seu carro.

– Vou explicar, pai. Agora, por favor, leve a gente ao hotel onde Érica está. Depressa.

Derek mal ouviu a conversa entre pai e filho. Estava pensando no que Érica poderia ter feito. Só pensava numa possibilidade, e essa o assustava.

Quando chegaram ao hotel, o trio desceu às pressas rumo à recepção.

– Estamos atrás de uma garota – disse Thiago, arfando. – O nome dela é Érica Momani Santana.

O recepcionista nem sequer pesquisou.

– Ah, sim. Está aqui há algumas horas. Querem falar com ela?

– Na verdade – Derek interveio –, nós gostaríamos de ir ao quarto dela. Poderia nos levar?

O recepcionista hesitou, mas, ao ver o medo no olhar de Derek e de Sofia, levou-os ao sexto andar, apartamento 625. Depois de bater repetidas vezes sem resposta, usou uma chave mestra.

Derek foi o primeiro a entrar e fez sinal para que os outros esperassem na salinha. Parou assim que viu a cama.

Érica estava deitada em posição fetal na beira da cama. O sangue escoava da boca entreaberta. Aproximou-se dela. Não sabia dizer se estava pálida, porque era branquíssima, mas suas pupilas sem vida diziam tudo o que ele precisava saber.

Ao longe, ouviu a voz de Sofia:

– Derek?

Levou alguns segundos para dizer algo, sem deixar de olhar o corpo de Érica:

– Estou indo aí – expressou-se em alemão. O repentino bloqueio mental não o deixava pensar numa tradução em inglês para que Thiago entendesse também.

Afastou-se do corpo e rumou para a sala. No caminho, chocou-se com Thiago. Ouviu-o gritar o nome de Érica. Na sala, viu Sofia sentada com uma folha em cima da mesa. Ao lado, estava um envelope grosso, com outros papéis.

– Leia isto – disse, apontando para a folha. – Está em inglês.

Leu a primeira linha.

This is not a suicide note.

Dezoito

Esta não é uma carta de suicídio.

Nem tudo é o que parece. Descobri isso ao longo desses últimos dois anos do modo mais difícil. Não é por isso que escrevi essa carta. Há coisas mais importantes e urgentes a serem tratadas.

Existem, no centro de Washington, dois prédios vizinhos. Um é identificado pelo nome Humphrey Ltda., uma indústria bélica. O outro não tem nome, mas sei o que ele é. É a sede americana da Ordem das Doze Tribos de Israel. Como o nome diz, é uma ordem judaica. Não há nada sobre ela na internet; é mantida sob o mais absoluto sigilo. Um grande feito, considerando que está espalhada pelo mundo inteiro e que suas sedes se encontram nos EUA e em Israel, os países que mais abrigam judeus no mundo.

Como mantém esse segredo não importa. O que importa é seu objetivo. Para quem acabou de entrar, a ODTI não quer nada além de pregar a fé judaica e oferecer paz espiritual a quem dela necessita. Aos poucos, porém, a pessoa é seduzida por outra mensagem: a de que chegou a hora da vingança dos judeus contra todos que os humilharam, castigaram e mataram ao longo da História. O que significa... o mundo inteiro.

Quem fundou essa Ordem foi um homem chamado Guy Humphrey. Talvez tenham ouvido falar dele, seja por sua recente morte (que, aliás, também será explicada mais adiante), seja por ter sido um dos donos da Humphrey Ltda. Ele fundou a empresa e a Ordem pensando nessa vingança. Não somente ele, mas também todos os líderes da ODTI e os sócios da Humphrey Ltda. Obviamente, isso resultaria numa guerra de proporções inimagináveis. Eles têm consciência desse fato, sempre tiveram, mas não se importam.

Parece coisa de doido. Guy não era normal. Era uma mistura de Hitler e Stalin coberta por uma máscara psicopata. Era paranoico e deixou isso bem claro quando mandou vários membros da ODTI atrás de "falsos judeus". Outra loucura que teve êxito: dois garotos, Calvin Hathaway e Haley Bloom, viram-me entrando numa sinagoga e descobriram que eu não era judia. Não era espiã; tinha ido lá para fazer um trabalho de História. Mas me identificaram como uma ameaça à ODTI e me marcaram para morrer. Quer dizer, até Hathaway dizer que seria um desperdício matar uma garota "tão sexy quanto" eu e sugerir que matassem meus pais em vez de mim. Como todos sabem, foi o que aconteceu.

O problema da ODTI foi que havia um espião na equipe de Calvin e Haley: Derek Schwan. Ele tentou me prevenir do que iria acontecer e, quando meus pais morreram, contou-me toda a verdade e me fez um convite: ir a Frankfurt, onde uma grande proposta esperava por mim. Aceitei o convite, pois tinha esperança de vingar a morte de meus pais.

Aqui vem mais uma coisa para contar. Existe, na Europol, uma divisão de agentes mirins. Eles pegam crianças órfãs e as treinam para se tornarem agentes. Derek Schwan é um desses agentes. Quando cheguei a Frankfurt, fizeram-me a proposta que me trouxe aqui.

Contaram-me a relação entre o assassinato dos meus pais e a ODTI. Disseram que havia uma missão que só eu poderia cumprir porque os outros agentes (menores e maiores de idade) não tinham treinamento para aquele tipo de missão, e não havia tempo para retreiná-los. Treinar-me seria mais fácil e rápido do que retreinar um agente que estivesse acostumado a outro tipo de serviço.

Minha missão se dividia em muitas. Como se entrelaçavam, a Europol não queria se arriscar colocando-as nas mãos de vários agentes. Fui designada para Washington, onde me infiltrei na ODTI como Rachel Madison; para Cairo, onde me infiltrei na ONG Alá no Coração, que no ano anterior tinha se aliado à ODTI, como Mahara Hakim; para Pequim, onde, disfarçada de uma detetive de Londres chamada Mia Stravinsky, investiguei o sequestro de Mao Lin; e, sob a identidade de Viktoria Dmitriev, investiguei o duplo atentado de 2014 em Moscou.

Nessas missões, descobri atrocidades que a ODTI cometeu no decurso de sua história, que remonta ao começo dos anos 1990. Fizeram ameaças a vários países, como China e França, para que se aliassem a eles. Sequestraram o antigo presidente do Banco Europeu e o mataram quando a União Europeia cortou relações diplomáticas com os Estados Unidos. Patrocinaram atentados contra palestinos e latinos para assustá-los e forçá-los a formar alianças com eles. Silenciavam qualquer um que pudesse representar o mínimo perigo, como aconteceu no caso de Moscou – todas aquelas bombas tinham como objetivo principal matar Natasha Danilovich. Semearam o ódio, pregando que todo não judeu merece morrer e arder no inferno. Há mais atrocidades descritas em outras cartas, contidas neste mesmo envelope.

Como já devem saber, no mês passado, Guy Humphrey se matou com um tiro na cabeça. Sim, foi suicídio, apesar de as supostas evidências apontarem para outra hipótese. Ele as armou para me incriminar (em nome da Rachel). De alguma forma, descobriu minhas identidades e decidiu me ferrar através do próprio suicídio. A carta escrita para mim antes de se matar explica tudo. A letra não pertence a ele, o que torna difícil acreditar em minha palavra; pertence a Richard Morgan, um prisioneiro da ODTI. Foi executado, claro, para não deixar provas.

Agora que expliquei o básico para entenderem a situação, vou ao mais urgente. Enquanto o FBI está à minha procura, os líderes da ODTI da Humphrey Ltda. estão dando os passos finais para começarem os ataques. Eles têm muitos membros infiltrados no governo, com poderes inclusive para influenciar o presidente. Também têm países aliados a eles. A ODTI não planeja manter os acordos que assinou com esses países, e sim atacá-los tão logo termine o serviço com os que são abertamente seus inimigos.

Por que me suicidei? A resposta é simples. O FBI estava atrás de mim e era pouco provável que ouvisse o que teria a dizer a tempo de parar a ODTI. Esta, por sua vez, após descobrir meu segredo, colocou-me como inimiga nº 1. Iriam me silenciar antes que pudesse dizer algo. Terceiro fator: fui diagnosticada com leucemia. Por mais que o médico tentasse me convencer de que havia cura, sentia que era ilusão. Meu próprio corpo me marcara para morrer. A solução que encontrei foi escrever todas essas cartas e cuidar de meu destino antes que outra pessoa (ou coisa) me matasse sem me dar o direito de contar toda a verdade. Se escrevesse essas cartas e esperasse a morte chegar, era quase certo de que seria assassinada pela ODTI, que encontraria minhas cartas e as queimaria.

Peço que investiguem essas pessoas antes que seja tarde demais. Seus nomes, endereços e telefones estão numa lista dentro do envelope. Melhor prevenir do que remediar.

À minha família e aos meus amigos, adeus. Gostaria de estar com vocês, mesmo que presa à Europol e a essas missões loucas. Não queria morrer. Mas a morte, de repente, tornou-se minha única aliada no meio de tantos inimigos. Ela foi minha última arma. Espero que consiga atingir meu alvo, caso contrário, de nada terá valido enfiar uma faca em meu peito. Amo-os de todo o coração.

Érica Momani Santana (Rachel Madison, Mahara Hakim, Mia Stravinsky e Viktoria Dmitriev)

⌘ ♦ ⌘

Sofia não tinha percebido que estava segurando a respiração.

– Há outros papéis ali dentro – disse, pondo a mão no grosso envelope. – As cartas das quais ela falou... Há outras coisas também. Quer... olhar agora?

Derek olhou para o envelope e para ela.

– Agora não. Talvez seja melhor chamar o rabecão, cuidar do corpo dela, do velório... Veremos essas denúncias mais adiante. Há tempo.

– Não muito. Mandei o recepcionista chamar o rabecão o mais rápido possível.

Soluços. Eles se viraram para o corredor.

– Vá dar apoio a ele – Derek disse.

– Eu? Quem fala português aqui é você.

– Você é mulher. É melhor nesse tipo de coisa do que eu.

Antes de ir, ela fez uma indagação:

– A coisa está feia?

– Está, mas acredito que tenha visto piores.

Foi ao quarto. Thiago estava ajoelhado à beira da cama, a mão sobre o corpo de Érica. Não chorava, apenas soluçava.

Ajoelhou-se a seu lado. Ficou naquela posição por um período indefinido.

– Os olhos dela – ele disse em inglês – estão quase cinza.

Ela se deteve nos olhos de Érica. O azul-claro não estava mais lá. Era como se não tivesse resistido à morte da dona e partido com ela.

– Pensei que tivesse se suicidado. Aquela frase... – apontou para o cadáver. – Isso não parece suicídio.

– A natureza decidiu poupá-la de ter que enfiar uma faca no peito – murmurou Thiago em resposta.

⌘ ♦ ⌘

– *Você terá que executar mais de uma missão simultaneamente. Usará múltiplas identidades, terá que aprender vários idiomas. Não podemos nos arriscar a deixar essas missões nas mãos de vários agentes.*

Érica ouviu Arnold explicar tudo. Por enquanto, seria designada para missões em Washington, Cairo, Moscou e Pequim. Outras poderiam surgir caso necessário. Os idiomas não seriam um obstáculo. Érica tinha português e árabe como línguas maternas e começou a aprender inglês aos cinco anos. Ela só precisaria aprender russo, porque seu disfarce na China seria de uma siberiana.

Derek ouvia pasmado. Nas poucas vezes que lançava um olhar para a filha de Arnold, via que também estava surpresa. Arnold só poderia ter bebido. Que ideia era aquela? E por que soava tão lógica, vinda de sua boca?

Érica não duvidou um segundo. Concordou com a missão na hora. Ele ficou preocupado. Daria ela conta de todas aquelas missões?

Derek levantou o olhar do chão para o painel do carro. Ele, Sofia e Thiago estavam indo ao IML com o pai deste.

Érica cumpriu todas as missões com um sucesso fenomenal. E agora cumprira uma extraoficial, entregue por ela mesma, a mais importante de todas.

Derek encarou Sofia e Thiago. Ela segurava o envelope; ele lia a carta que ela lera meia hora antes. Ao terminar, deitou o olhar sobre os dois.

– Por isso ela se foi? – questionou com amargura na voz.

Derek assentiu.

Thiago devolveu o papel a Sofia, que o guardou no envelope. Quando chegaram ao IML, Sofia tirou os papéis que estavam dentro do envelope e deu uma olhada neles. Parou em um e o entregou a Derek.

– Ela fez uma lista de todas as pessoas que conheceu nas missões e que talvez queiram ir ao velório. E também uns números. Diz aí que podem ligar para seu celular a qualquer instante.

Ele pegou o papel e olhou. Deveria esperar ligações de Meredith Moore, Ivan Meyer, Ling Wang e Iasmim Anisah.

Como se um deles tivesse ouvido seus pensamentos, seu celular tocou. Viu o código do país: 7. Rússia. Ivan Meyer.

⌘ ♦ ⌘

Estavam ensaiando a primeira cena de *Anastasia* pela sétima vez. Não necessariamente por erros do elenco ou da equipe dos bastidores. O diretor era perfeccionista e queria uma apresentação digna de profissionais. Parecia que tinha se esquecido de que 80% do elenco era formado por *estudantes* de Teatro.

Pelo menos Ivan, seu namorado, estava lá. Isso lhe dava forças para prosseguir sem reclamar.

No começo do oitavo ensaio, o celular tocou. O garoto, alvoroçado, fez sinal de que ia sair e em breve voltaria.

Depois de dois ensaios, foram liberados. Ivan não tinha voltado. Kátia saiu pela porta da frente, preocupada. O que teria acontecido?

Encontrou Ivan no chão, ao lado da porta, encostado na parede, olhando para o celular sem vê-lo. Kátia se ajoelhou ao lado dele.

– O que foi, Ivan?

Ele lhe entregou o celular. A tela mostrava um e-mail de Viktoria.

Queridos Ivan e Kátia,

Quando lerem essa mensagem, estarei no outro lado da vida. Quero que saibam que não me suicidei por motivos pessoais, posto que não tenho nenhum. Mas era preciso. Era a única alternativa.

É uma longa história. Deixarei para outra pessoa a tarefa de contá-la na íntegra. O que têm de saber de antemão é: meu nome não é Viktoria Dmitriev, não sou russa, não tenho 21 anos e nem trabalho na polícia. Chamo-me Érica Santana, sou brasileira, tenho dezesseis anos e trabalho numa agência secreta europeia. Quero dizer, todos esses verbos são no passado, porque agora não sou nada além de lembranças.

O que disse a respeito de Natasha e da ODTI é verdade, porém há muito mais por trás disso. Uma guerra está a poucos passos de bater à porta das casas do mundo inteiro, e a única solução que encontrei para impedi-la foi me matar. Era o único jeito de falar o que precisava falar e ser ouvida. Além disso, a ODTI tinha me colocado no topo da lista de pessoas para silenciar (como fizeram com Natasha), o FBI estava me perseguindo e não acreditaria numa palavra do que eu dissesse, e uma leucemia me consumia.

Se não me suicidasse, corria o risco de ser morta (pela ODTI ou pela leucemia) antes que tivesse a chance de denunciar todos os podres da ODTI. Assumir o controle de meu destino era a única esperança.

Abaixo está um número. É de um amigo meu; ele será o responsável por meu velório, caso queiram ir. Também é a pessoa a quem devem perguntar mais sobre o que aconteceu. O nome é Derek Schwan. Falem em inglês, porque ele não sabe russo.

O e-mail terminava com o número, sem assinatura.

– Por isso sempre falava devagar – comentou Ivan. – Sempre achei que pensava muito antes de falar, que escolhia quais palavras usar. Agora sabemos que só estava pensando em como dizer as coisas em russo.

– Ligue logo – ela disse.

– Estava pensando em fazer isso quando você apareceu.

– Quer que eu ligue?

– Não. Ela mandou o e-mail para mim. Esse Derek deve esperar uma ligação *minha*. Se você ligar, talvez desligue.

Ela lhe devolveu o celular, e ele ligou.

– *Hello?* – disse. – É com Derek Schwan que falo? Sim, é Ivan Meyer... Sim, queremos ir... Máximo de quatro pessoas? Talvez tenha pensado nos nossos pais. Vamos falar com eles e retornaremos com a resposta... Ida dia 15 e volta dia 18. Ligo em uma hora. – Fitou Kátia. – Viktoria deixou o dinheiro para pagar até quatro passagens de ida e volta a Fortaleza, onde vai ser o velório. Seríamos nós e nossos pais. Pode ligar para sua mãe enquanto ligo para meu pai?

Ela discou o número da mãe. Os dois pais deixaram os filhos irem sozinhos, pois não podiam se ausentar de seus empregos.

– Derek? É Ivan de novo. Somente eu e Kátia vamos... Já tem meu e-mail? Ótimo... Os nomes são Ivan Meyer e Kátia Volvoka... Sim, tenho fotos dela, respondo o e-mail com elas anexadas. Até mais. – Desligou. – Ele vai enviar nossas passagens por e-mail. Pediu para mandarmos alguma foto dela como Viktoria.

Kátia sentiu duas lágrimas caírem. Ivan a abraçou, e ela chorou.

⌘ ♦ ⌘

Ashley e Meredith estavam assistindo a *Batman Eternamente*. Quando Ashley se dispôs a beber água, viu um chaveiro que desconhecia.

– Chaveiro novo? – apontou para ele com o queixo.

Meredith mirou o chaveiro.

– Ah, não, é do apartamento da Rachel. Deixou aqui.

– Como andam as investigações?

– Parece que a cada dia encontram mais provas contra a coitada. Encontraram sangue que não era de Guy misturado ao dele, e exames mostraram que era de Rachel. Até a carta do Guy para os Hill foi considerada porque a letra estava tremida. Natalie não sabe em que acreditar.

Como se Rachel soubesse que estavam falando dela, o celular de Meredith vibrou, indicando que um e-mail da ruiva tinha chegado. Ela abriu o e-mail e as duas começaram a ler.

Não queria ter que me matar, mas era a única esperança...

Meu nome não é Rachel Madison, e sim Érica Santana. Não nasci em Porto Rico, mas no Brasil. E tenho dezesseis anos, não dezessete...

A ODTI me marcou para morrer após a morte de Guy, e o FBI está atrás de mim...

Fui diagnosticada com leucemia aguda...

Meredith parou de ler no meio da mensagem; estava aos prantos. Ashley queria chorar, mas não podia. Alguém tinha que ser forte e terminar a leitura. Abraçou a namorada e cochichou:

– Temos que ligar para um tal de Derek... Ele está cuidando do velório da Rachel e pode contar mais sobre a história dela se quisermos...

Meredith concordou e seguiu soluçando. Ashley entendeu que teria que ligar. Pegou o celular da garota e discou o número. Alguém atendeu.

– Alô? É o Derek Schwan falando?

– Sim. A senhorita é Meredith Moore?

– Não, aqui é a namorada dela, Ashley Becker. Meredith não está em condições de falar no momento.

– Compreendo... Srta. Becker, Éri... Rachel reservou uma importância para trazer no máximo cinco pessoas a Fortaleza, onde será o velório.

– Até cinco?

– Sim.

– Posso ligar daqui a meia hora? Tenho que confirmar quem vai e quem não vai.

– Tudo bem.

Ela olhou para Meredith, que agora chorava.

– O velório vai ser numa cidade chamada Fortaleza. Derek disse que até cinco de nós podemos ir. Isso inclui você, eu, Natalie, Jude e outra pessoa.

– Vou falar com minha mãe. Pode ligar para Natalie e Jude?

– Posso.

Ligou para Derek, reafirmando que os quatro iriam com a mãe de Meredith. E que mandaria uma foto de Rachel.

⌘ ♦ ⌘

Tessália não chorava.

Ela e os pais não chegaram a tempo de poder ver o corpo da prima. O laudo tinha saído, e ela fora mandada para a funerária.

– Qual foi a *causa mortis*? – a mãe perguntou a Thiago.

– Estava com leucemia. Já tinha se submetido à primeira sessão de quimioterapia e veio para cá. Em algum momento da viagem, teve uma doença chamada síndrome da lise tumoral. Os médicos encontraram sinais de falha renal, além de todos os músculos paralisados. O que a matou de vez foi a parada do diafragma e do coração. Também encontraram sangue nos pulmões, o que explica por que ele estava escorrendo pela boca.

O funeral se daria entre os dias 16 e 17, quando os amigos que Érica fizera no exterior chegariam.

Era para ela estar me irritando, dizendo que faltavam menos de dois dias para o aniversário dela...

A prima tinha morrido antes de completar dezessete anos. Aquilo entristecia Tessália mais do que qualquer coisa.

Fico sem notícias por mais de um ano e quando tenho é de que ela morreu... Agora sim a família não está mais completa... E nunca mais estará.

Queria chorar. Queria colocar todo o desalento para fora. Todos seus pensamentos... nunca mais veria a prima sorrir, nunca mais a irritaria nem seria irritada por ela, nunca mais a ouviria cantar... nunca mais se preocuparia com a falta de notícias.

Olhou ao redor. Lúcia chorava no ombro de Daniel, que parecia lutar contra as lágrimas. Os olhos de Thiago estavam vermelhos, embora já tivesse parado de chorar. Os dois europeus estavam como ela: tristes, embora sem lágrimas para derramar. Seus pais choravam, cada um em sua cadeira, sem apoiar um ao outro. Foi a eles, envolvendo-os num abraço tríplice. *Agora é que devemos ser uma família unida... Somos tudo o que sobrou dela.*

⌘ ♦ ⌘

Iasmim adentrou no escritório de Mohammed soluçando. Ele se levantou, preocupado.

– O que aconteceu, Iasmim?

– Mahara... Ela... *Ela se matou*, Mohammed! Ela se matou!

Os soluços pioraram. Mohammed ficou parado, sem saber o que fazer.

Iasmim acalmou-se e contou o resto da história:

– Mahara... Não é só Mahara. Tem outros nomes. Um deles é Rachel Madison... e o legítimo, Érica Santana.

– Espere. Quer dizer que Mahara e Rachel são uma única pessoa e que o nome dela é Érica?

– Sim. A mãe nasceu na Jordânia, mas ela é brasileira. Falava português e árabe desde criança... Sabe quantos anos tinha, Mohammed? *Dezesseis*! Mal tinha começado a viver... Como uma jovem de *dezesseis* anos era tão *madura*...? Quero dizer, muitas meninas mais novas já são casadas, já são mães, mas como ela... Ela... Você sabe o que ela fez como Mahara. E como

Rachel, deve ter enfrentado *ainda mais* coisas. E só Alá sabe como era a sua vida como Érica! E... Ela disse que se matou para nos salvar. Para nos salvar da *Ordem*. *Dezesseis anos*, Mohammed! Liguei para um número... Vão organizar o velório numa cidade do Brasil entre os dias 16 e 17; querem saber se iremos. Disseram que Mahara deixou dinheiro para pagar três passagens...

– Eu vou – disse Mohammed.

– Sei que vai. Devíamos ligar para Jamil. Sei lá... Pode ser que ele também queira ir.

– Vá em frente. Boa sorte!

Ela ligou para ele.

– Jamil?

– Olá, Iasmim – disse com a voz fria.

– Não procure mais por Mahara nem por Rachel.

– Por quê? Descobriram que são inocentes? Porque eu não acredito nisso. Elas são assassinas, Iasmim. Têm de ser mortas.

– *Acontece*, Jamil – Iasmim elevou a voz, com raiva –, que elas *já estão mortas*! Mahara e Rachel são a mesma pessoa, *e essa pessoa se matou*! Ela se matou para nos proteger dessa guerra *idiota* que você tão *ridiculamente* aprova, *imbecil*!

Silêncio. Iasmim chamou por Jamil.

– Estou aqui. É só que... É muita coisa para processar.

– Olha, não tenha pressa em *processar* tudo. Ela deixou um valor para o pagamento das passagens de nós três ao velório. Ida e volta.

– Onde vai ser?

– Fortaleza, Brasil.

– Eu vou.

– Está falando seriamente?

– Estou, Iasmim.

– Ótimo. Volte para cá logo, porque a viagem é no dia 15. – Desligou e dirigiu o olhar para Mohammed. – Sabia que dia 15 seria o aniversário dela? Disseram isso quando liguei para o tal número. Ela morreu antes de completar dezessete anos.

⌘ ♦ ⌘

Derek contou os detalhes de suas últimas missões (só duas, depois de voltar a Frankfurt com Érica) e se viu perguntando a Arnold e a Klaus:

– Os senhores não vão mais dar missões a Érica, vão?

Os dois se entreolharam. Derek entendeu na hora.

– Não façam isso, pelo amor de Deus! – quase gritou. – É muita coisa sobre os ombros dela! Não bastam Cairo, Washington, Pequim e Moscou? Ela só tem dezesseis anos, mal equilibra as quatro missões! Sei que esse é o trabalho dela, que os senhores não querem deixar mais gente sabendo, mas... Deixem que eu fique com essa missão. Não me importo, mal saí de Frankfurt desde que voltei com ela. Posso me encarregar da missão, mas não a entreguem a Érica, por favor!

O longo silêncio que se seguiu foi interrompido pelos sussurros que Arnold e Klaus faziam no ouvido um do outro.

Klaus disse:

– Não podemos colocá-lo no lugar da Srta. Santana. Sua missão é cuidar dela e garantir que não fique relembrando a vida que deixou quando veio para cá; por isso tem saído tão pouco da cidade. Podemos designar a missão e outras que eventualmente apareçam à próxima agente. – Olhou além da porta, como se pudesse enxergar a sala onde três agentes esperavam ser chamados. – Acredito que vá servir, uma vez que nossa primeira escolha está tão... sobrecarregada.

Derek analisou os três colegas que deixara na sala. Érica, um italiano que desconhecia e... Sofia Zürichen. Ficou aliviado. Não podia estar em melhores mãos.

Derek olhou para Sofia. Haviam voltado ao hotel onde Érica se hospedara.

– Pode me contar como foi seu encontro com Klaus quando ele a mandou ajudar Érica?

– Quer saber *agora*?

Ela bebeu um refrigerante e começou a história.

⌘ ♦ ⌘

Estava sozinha na sala. Era para ter sido chamada antes, mas Klaus decidiu chamar logo a loira semiadormecida. Não que se importasse. Pelo menos não corria mais o risco de descobrir se a garota roncava.

– Sabe que não recebo missões há oito meses – disse quando chegaram à sala. Estranhou a presença de Arnold Klein. Ele só acompanhava os interrogatórios dos agentes que recrutava, como Derek e a quase-Bela Adormecida.

– *Sei disso muito bem* – acrescentou Klaus. – *Estamos aqui para lhe dar uma nova missão. Precisamos lhe dar algumas informações sigilosas.*

Arnold se aproximou e contou tudo. Ao final, Sofia fechou a boca, que nem percebera estar aberta. Não era à toa que a garota estava quase dormindo a seu lado.

– Como voc... os senhores fazem uma coisa dessas? Aquela garota deve ser mais nova que eu! Isso é... Isso é...

– É preciso, Sofia – afirmou Klaus. – E suas missões daqui em diante serão as que entregaríamos a ela. Antes acreditamos *que ela deve saber. Vá a ela e ofereça-lhe ajuda. Não temos certeza se vai aceitar.*

– Claro que vai aceitar.

– Mas vá e ofereça ajuda por via das dúvidas.

Lembrar-se daquele dia ainda a enraivecia. Imaginava a exploração que Érica sofrera nas mãos de Klaus e Arnold. Veio à sua memória algo que estava considerando nas últimas horas.

– Vou sair da Europol – anunciou.

– Por quê?

– Derek, você leu a carta que a Érica escreveu. A polícia vai investigar sobre nossa divisão, e vão processar Arnold e Klaus pelo que fizeram à Érica. O que seria merecido, se quer saber minha opinião. – Sentou-se na cama novamente diante de Derek. – Colocaram *muito* trabalho nas mãos dela, Derek. Sabe disso melhor do que eu. Ela não tinha vida. E *quem* era ela? Será que ainda se via como Érica? Ou será que se via como várias pessoas, como Érica, Rachel, Mia, Mahara e Viktoria? Não sabemos como isso a afetou psicologicamente. E fisicamente? E se todo esse trabalho tiver sido responsável pela leucemia dela? Além do mais, ela escreveu: foi *a proposta do Arnold* que a levou a... morrer. Vou sair da Europol porque quero depor contra Klaus e Arnold. Não acho justo o que fizeram. Eles têm que *pagar*, Derek. Não tanto quanto os líderes da ODTI e da Humphrey Ltda., claro, mas ainda assim... Devem ser punidos.

⌘ ◆ ⌘

Ling abriu a primeira cerveja do dia quando seu celular vibrou. *Você tem um novo e-mail. Remetente: Mia Stravinsky.* Decidiu checá-lo antes de beber. Um e-mail de Mia devia ser valioso.

Quando terminou de ler, percebeu que soluçava forte e que tinha deixado a cerveja cair no chão. Um desses sons parece ter preocupado Chang, pois ele bateu à sua porta.

– Ling! Você está bem?

Não podia mentir e dizer que estava bem, que nada tinha acontecido. Ele deveria saber. Não somente ele, também Wu e Xiaoli. Abriu a porta do quarto.

– Céus, Ling, você está com uma cara horrível! O que aconteceu?

Mostrou o celular para ele.

– *Isto* aconteceu! M-Mia...

Não resistiu e chorou. Chang leu e indagou se queria que ligasse para o número no lugar dela. Concordou, arrastou-se até a cama e chorou. Tentou recordar a última vez que Mia (ou Érica, não sabia como devia chamá-la agora) viera a Pequim. Não conseguiu. Estava muito bêbada para isso.

É isso? Pensou, à beira do desespero. *Será que vai ser assim com Xiaoli, Wu, Chang? Estarei tão bêbada que não me lembrarei dos meus últimos momentos com eles? Tão bêbada que brigaria com eles no último encontro?* Chorou ainda mais.

– Ling? – A voz de Chang a interrompeu em seu choro. – Nós... vamos viajar para o Brasil amanhã, para o velório. Voltamos dia 18. Vão mandar nossas passagens para o seu e-mail e pediram para responder com uma foto da Mia.

Ela chorou.

Dezenove

Alicia estava abraçada a Derek, olhando para o caixão onde Érica repousava. Ele dera a notícia a ela e a Arnold e os dois tinham vindo a Fortaleza com Klaus e a Sra. Klein o mais rápido possível.

Tinha derramado todas as lágrimas na Alemanha. Agora, limitava-se a fitar o corpo daquela que tinha se tornado sua grande amiga ao longo dos últimos dois anos.

– Estranho – Derek sussurrou. – Vocês cristãos sempre deixam o caixão aberto nos velórios?

– Sim – Alicia sussurrou. – Quase sempre. Por quê? Os judeus não fazem isso?

– Não, o caixão é fechado.

Um curto silêncio se seguiu, quebrado por Derek.

– Ei – disse, apontando para a entrada da sala do velório com o queixo –, os americanos chegaram. Pode me ajudar a responder às perguntas que possam fazer?

– Claro. – Alicia sabia de tudo sobre Érica. Pensara em entrar para a Europol. Derek implorou para que não fizesse isso.

Os tios e a prima de Érica abriram passagem para que os americanos pudessem ver quem era a garota que conheciam como Rachel Madison.

⌘ ♦ ⌘

Quando Natalie entrou na sala onde o velório se realizava, franziu a testa ao ver cinco grandes retratos pregados na parede. No centro, uma loira cujos olhos eram de um azul claríssimo sorria. Devia ser Érica como ela mesma. No lado direito, estava a foto dela como Rachel, tirada quando ela e Jude a levaram a um museu. As duas tinham igual cor de pele, é óbvio.

As outras fotos lhe eram estranhas. Ao lado da foto de Rachel, uma muçulmana de olhos azuis (de tom mais escuro que o de Érica), à primeira vista loira, fitava-a de modo penetrante; ela não sorria. No lado esquerdo, havia outras duas fotos, de duas eslavas. Uma tinha cabelos negros e lisos e olhos escuros. A outra eslava tinha cabelos castanho-claros e ondulados, e olhos verdes. Quando viu este último retrato percebeu os nomes embaixo de cada um deles: Mia Stravinsky, Viktoria Dmitriev, Érica Santana, Rachel Madison e Mahara Hakim.

Dirigiu-se a uma jovem de cabelos negros que estava do outro lado da sala.

– Sabe quem são essas? – evidenciou curiosidade, se bem que antecipasse a resposta.

– São todas as identidades que Érica usou.

– E ela falava quantos idiomas?

– Quatro. Português e árabe eram suas línguas maternas, porque o pai era brasileiro e a mãe jordaniana. Fez curso de inglês dos cinco aos quinze anos. Entre 2014 e 2015, aprendeu russo para seus disfarces como Viktoria e Mia. Começou a aprender chinês, mas abandonou porque não era necessário. – Em seguida, apontou para as cartas e continuou: – Ali está uma das cartas que escreveu antes de morrer. Há outras; esta basta, por enquanto. Embaixo há um papel explicando a *causa mortis*. Não se preocupe, está tudo em inglês.

– Achei que tivesse se suicidado.

– Ah, não, não deu tempo. A leucemia tratou de matá-la primeiro.

⌘ ♦ ⌘

O grupo do Egito veio cinco horas depois. Iasmim foi ao caixão e chorou ao ver o corpo de Mahara/Érica. Elas eram tão parecidas. Érica tinha os cabelos e os olhos mais claros que Mahara, mas no resto era igual.

– Não precisou se maquiar muito – comentou uma voz do outro lado do caixão. Era um garoto de cabelos castanho-claros. – As roupas escondiam boa parte do rosto dela.

Viu os retratos na parede. Havia cinco, dois a mais do que ela esperava encontrar.

– As duas garotas à esquerda – ela perguntou para o garoto – são outros disfarces dela?

– Sim. Um para quando ia à Rússia, e outro quando ia à China.

– Ela não parece chinesa.

– O disfarce dela era de siberiana.

O garoto percebeu o olhar dela direcionado ao púlpito e explicou o que existia ali.

– E antes que pergunte, não, ela não se suicidou.

Teve vontade de perguntar como tinha morrido, mas se lembrou de que a explicação estava no púlpito. Foi até ele.

Érica teve uma morte lenta e, tudo leva a crer, dolorosa. Iasmim leu a carta de suicídio (ok, ok, não era uma carta de *suicídio*). Quando acabou, não reprimiu o choro. Jamil se aproximou e colocou uma mão em seu ombro.

– Sinto. Mas, sem querer ser chato, será que posso ler o que está aí?

Mohammed se sentou ao lado de Iasmin, mas não falou nada. Melhor assim. Ela dispensava as tentativas bizarras de consolo.

⌘ ♦ ⌘

Natalie foi até a garota com quem tinha falado quando entrou no velório. De repente, recordou que Guy tinha escrito uma carta a Rachel, e que, ao ler essa carta, ela foi embora.

– Vocês têm a carta que Guy Humphrey escreveu para ela antes de se matar?

Ela fez que sim e foi a uma loira que estava no canto. Pegou um grosso envelope, mexeu nele e encontrou uma folha de papel. Levou a folha para Natalie.

– Depois de lê-la, devolva. Tudo bem?

– Tudo bem.

Começou a ler:

Srta. Madison,

Será que deveria chamá-la assim mesmo? Talvez fosse melhor Srta. Hakim, Srta. Dmitriev... Ou mesmo Srta. Stravinsky. Mas creio que prefira Srta. Santana, como consta em sua certidão original de nascimento.

Devia ser mais cuidadosa, querida. Você achava que passaria despercebida sua "curiosidade" sobre Natasha e Mao? Sem falar em seu constante contato com o pessoal do Egito. Descobri que não é porto-riquenha nem aqui nem em Júpiter. E o pior: era uma espiã. Precisava me vingar de você.

Gostou do drama da cartinha que escrevi a Jeremy e Natalie? Algumas coisas são verídicas, mas a maioria é mentirosa ou distorcida. Quer um exemplo? A Humphrey Ltda. já existia antes do casamento de Jeremy. Uso o nome Guy Humphrey há mais tempo do que pensa. O maior motivo para eu querer esses ataques é a revanche dos judeus contra o mundo que nos oprimiu por milênios. Além disso, o dinheiro que ganharia com isso é uma razão apetitosa...!

A polícia vai investigar se minha morte foi por suicídio ou por assassinato, e vai culpá-la. Reparou que a carta entregue aos Hill tinha a letra tremida? Isso fará com que seus próprios amigos se voltem contra você. Ficará sozinha. Será perseguida pela ODTI, pelos meus aliados e pela polícia americana – no mínimo. E minha "gente de confiança" aproveitará a confusão para dar os passos finais para começar o extermínio. Assim, vingo-me da senhorita e alcanço meu objetivo maior. Seu trabalhozinho de amadora não terá valido coisa alguma. E estarei dançando "Gangnam Style" alegremente em meu túmulo. Divertido, não?

Está encrencada, querida. A única coisa que me deixa triste ao ter que me matar é não estar por perto para ver qual de suas identidades sofrerá mais.

Permitiu-se demonstrar satisfação. Era Érica quem dançava Gangnam Style no túmulo de Guy agora. *Seu plano do mal falhou... tio Jack.*

⌘ ♦ ⌘

Alicia viu o último grupo de estrangeiros entrar. Passara de uma hora da madrugada. Kátia e Ivan, os russos, tinham aparecido perto de nove e meia. Agora eram os chineses.

Uma falsa ruiva se dirigiu ao caixão. Todos olharam para os retratos e foram ao púlpito. A diferença foi que, dessa vez, a jovem perguntou:

– Divulgaram essa carta? É evidente que ela queria que a mensagem fosse divulgada nos cinco continentes, o mais rápido possível.

– Já a postamos no Facebook, no Twitter e no Tumblr. Além disso, o presidente do Banco Europeu – apontou para o pai, que estava sentado com Klaus – enviou esta e outras cartas a chefes de Estado do mundo inteiro. Hoje ou amanhã teremos respostas.

A falsa ruiva se juntou aos amigos. Alicia se pôs a olhar para a família de Érica, que estava perto do caixão. Apenas o tio seguia chorando. A tia enxugava as lágrimas restantes e a prima se limitava a fitar o caixão. Alicia foi até ela.

– Ela sentia muitas saudades de vocês – falou, fazendo com que a garota voltasse o olhar para ela. – Não saberia dizer quantas vezes Derek teve que impedi-la de falar com vocês.

– Por quê? Por que não podia falar com a gente, nem para dizer que estava viva?

– Porque um agente deve renunciar a tudo o que fez parte do seu passado: lar, família, amigos. Recomeçar do zero. Essas pessoas – apontou para os estrangeiros, para Derek, para Sofia e para si mesma – fazem parte do recomeço dela. Foi quase impossível convencer a Europol a deixá-la passar o Natal de 2014 com vocês. Garanto que não esqueceu a vida antiga. Não sei se isso foi bom ou ruim.

– Obrigada... Por me contar isso. Saber que ainda havia espaço no coração dela para nós... Muito obrigada!

Alicia decidiu sentar-se. Derek ocupou a cadeira a seu lado, e ela repousou a cabeça no ombro dele.

Horas depois, Thiago subiu à mesa do altar, no canto esquerdo, ao lado do retrato de Mia.

– Senhoras, senhores... – disse em inglês. – Agora vamos rezar uma missa, como é costume nos velórios católicos. Todos têm o direto de permanecer aqui se quiserem. A missa será celebrada em português.

A maioria dos estrangeiros foi para os jardins. Alicia também, seguida por Derek.

– Não vai assistir à missa? – perguntou quando saíram. – Você entende português. Sei que é judeu. Seria uma maneira de mostrar o quanto Érica significou para você e para todos nós.

– Eu vou, mas queria falar algo para você. – Chegou perto do ouvido dela. – Vou sair da Europol – cochichou.

– O quê? Por quê?

– Explico mais tarde. É uma longa história. Vou voltar para a missa.

E foi. Alicia foi ao banheiro e se trancou numa cabine para que ninguém a visse sorrindo. Se Derek ia sair da Europol, estavam livres para ficarem juntos! *Uma boa notícia no meio de tanta tragédia.*

⌘ ♦ ⌘

Thiago insistiu em ir ao cemitério no carro da funerária. Queria demorar-se ao lado de Érica antes de lhe dizer adeus para sempre.

Foi somente quando começaram a cobrir o caixão com areia que Thiago chorou. Nunca mais veria a melhor amiga, nunca mais teria conversas hilárias com ela, nunca mais faria brincadeiras com ela, nunca mais cantaria com ela, nunca mais a veria sorrir... Não tinha perdido apenas a melhor amiga; perdera a única garota que amara.

Não percebeu que estava ajoelhado senão ao sentir a mão de Daniel em seu ombro.

– Vamos, Thiago, está na hora – disse com uma voz tranquilizadora.

Thiago se levantou.

Chegaram à saída do cemitério. Ao ver suas mães esperando-os em seus respectivos carros, Daniel o abraçou.

– Sei que gostava dela. Vamos superar isso juntos. Como a segunda família que sempre fomos uns para os outros.

– Obrigado, Daniel – disse Thiago.

Epílogo

Setembro de 2016

Chang estacionou o carro em frente à casa onde funcionava tanto um A.A. (Alcoólicos Anônimos) quanto um F.A. (Fumantes Anônimos). Ele e Ling saíram do carro e caminharam até o portão da casa. De repente, ela falou:

– Alguma vez te pedi desculpas pelo dia em que estava bêbada e gritei que te amava no meio da madrugada?

Franziu a testa, tentando lembrar-se.

– Acho que não...

– Então, desculpe. Mil desculpas. Não quis dizer aquilo. Quero dizer, eu te amo, mas como um irmão... entende?

Ele riu.

– Entendo. Você sempre bancou a irmã mais velha quando se tratava de meus cigarros.

– Você fazia a mesma coisa em relação às minhas cervejas.

– Bem, eu *sou* o mais velho de nós dois.

– Você me perdoa?

– Acreditei que isso estivesse subentendido... Sim, eu te perdoo. Por sinal, obrigado por ter me deixado parar de trabalhar para me concentrar na faculdade.

– De nada! E obrigada por ter me indicado para te substituir.

– De nada!

Entraram na casa e se separaram, cada um indo para suas respectivas salas.

⌘ ♦ ⌘

Quando Wu chegou do trabalho, encontrou sua filha, Mia Chen, mamando no peito da mãe. Deu um beijo nas duas.

– Shh – Xiaoli disse baixinho. – Está quase dormindo.

Ele foi à cozinha buscar um copo. Ao retornar, perguntou por Chang e Ling.

– Foram à reunião dos Alcoólicos e dos Fumantes. Vão voltar mais tarde hoje.

Ele olhou para Mia. Cuidadosamente, pegou-a dos braços de Xiaoli e a levou para o berço.

Após a morte de Mia/Érica, o casal decidiu homenageá-la através da filha, que nasceu um mês antes do previsto. Afinal, a garota os salvara de uma guerra que, quiçá, destruiria o mundo. Vários especialistas foram consultados nos meses que se seguiram às denúncias contra a ODTI e a Humphrey Ltda., e todos declararam que uma guerra, nas proporções que Guy e seus aliados almejavam, seria capaz de aniquilar quase toda a população mundial.

– Como vai ser quando crescer? – perguntou à esposa. – Não cabe outra cama no quarto.

– Se nem Ling nem Chang tiverem se casado com alguém até lá, ou Mia e Ling dividem seu espaço ou aqueles dois vão aprender a dormir juntos.

– Mantém esperança de juntá-los?

– Já tentou imaginar os filhos deles? Seriam quase tão fofos quanto Mia.

– Mas só quase – completou, dando um beijo em Xiaoli.

⌘ ♦ ⌘

Ivan ajustou a webcam para que Kátia pudesse vê-lo melhor e esperou que atendesse a ligação do Skype. Ela estava em

Vladivostok se apresentando com *Anastasia*. A peça tinha obtido tanto sucesso em Moscou que o diretor decidiu realizar uma turnê. Tinham percorrido as principais cidades da Rússia; Vladivostok era a última parada antes de encerrarem as apresentações.

Claro, Kátia atuou brilhantemente. Era uma atriz maravilhosa. *E uma namorada maravilhosa também.*

Três toques e a imagem de Kátia apareceu na tela do computador.

– Ivan! – exclamou e lançou um beijo.

Ele fingiu pegá-lo e mandou um de volta. Eles riram.

– Tudo bem aí, amor?

– Tudo ótimo! A gente fez um tour pela cidade... Sabia que era aqui onde a suposta família de Mia morava? Descobri pelos chineses no dia do velório. Tentei saber se havia pedido a alguma família para fingir ser a dela, mas não precisou.

Ele sentia falta de Viktoria/Érica/Mia/etc., e era consciente de que com Kátia ocorria o mesmo. Ela se tornara uma boa amiga, particularmente quando os ajudou a desvendar o atentado – ainda que fosse seu trabalho.

– Foi a garota mais valente que conheci – ela acrescentou, uma lágrima rolando pelo rosto.

– Ei – disse, a mão esparramada na tela do computador, como se tentasse tocá-la. – Não fique assim. Ela morreu para que pudéssemos sorrir.

– Eu sei... Isso não torna as coisas mais fáceis.

Mudou de assunto. Os dois continuaram a conversar sobre outras questões e a trocar declarações de amor típicas de um casal de pombinhos. Não que ele não gostasse – amava. *Quem diria, Ivan Meyer passou de pegador a um namorado apaixonado. O que um duplo atentado não faz!*

⌘ ◆ ⌘

Os dedos de Alicia deslizavam pelo mármore negro e gelado. O túmulo tinha base hexagonal. Cada lado continha inscrições em diferentes idiomas. As duas partes frontais estavam escritas em português e em árabe.

ÉRICA MOMANI SANTANA
*15/02/1999
†12/02/2016
A heroína do século

Na parte redigida em árabe, havia o nome Mahara Ali Hakim entre parênteses. Na lateral direita, a tradução para o alemão. À esquerda, em inglês, com o nome Rachel Emily Madison embaixo de Érica. Os dois lados traseiros continham as inscrições em mandarim e em russo, com os nomes completos de Mia e Viktoria, respectivamente.

Em cima da base, uma estátua foi construída com mármore branco. Mostrava Érica em sua identidade real. Estava em pé, olhando para um ponto indefinido no horizonte. Suas mãos estavam erguidas à altura da boca. Nelas havia uma pomba prestes a alçar voo, representando a paz que tinha trazido ao mundo.

– Fizeram um bom trabalho, não acha?

Ela fitou Derek, agora seu namorado. Era setembro, e em breve as aulas começariam para ambos. Alicia iria para a faculdade, e Derek começaria o Ensino Médio. Com as férias findando, decidiram ir a Fortaleza visitar o túmulo de Érica.

Para Alicia, a garota não era apenas a *heroína do século*; era uma das suas melhores amigas, a quem contara tantos segredos e de quem ouvira tantos outros, com quem tivera momentos felizes, dos quais se lembraria indefinidamente. Érica fora uma pessoa fascinante, em todos os sentidos.

– Fizeram – disse. – Ela merece.

Ele sorriu.

– Sabia que queriam colocar uma frase de Jesus no epitáfio? *Eu vim para que todos tenham vida e que a tenham plenamente,* como se fosse Cristo reencarnado.

Ela franziu a testa e contemplou a estátua. *A pomba também é o símbolo do Espírito Santo,* recordou.

– Ela *não é* a reencarnação de Jesus Cristo – afirmou com firmeza. – Sim, teve a coragem de fazer o que poucos fariam. Sim, sacrificou a própria vida por outros sete bilhões. Mas isso não a faz um ser divino. Era um ser *humano*. Tinha defeitos como qualquer um de nós. Deus lhe deu a coragem e a humildade que a tornaram uma heroína, porém não se fez *carne* nela. Ainda bem que não colocaram essa frase no epitáfio. Teria sido um tremendo engano.

Derek a abraçou, e ela retribuiu. Os dois ficaram contemplando o túmulo da amiga.

– Pouco antes do velório, Thiago me contou uma história sobre um presidente do Brasil – Derek comentou –, Getúlio Vargas. Ele se matou e escreveu na carta de suicídio que estava saindo da vida para entrar na História. – Afagou o cabelo da namorada. – Com Érica vai suceder a mesma coisa.

– Como assim?

– Ela será relembrada para sempre nos livros de História. Tal como consta em seu túmulo: como a *heroína do século,* que salvou o planeta da morte.

Pelas ruas de Viena, uma garota era vista andando com uma mochila nas costas. Podia-se vê-la entrando na escola, apesar de ter idade para estar começando a faculdade. Podia-se vê-la sorrindo por estar ali. Porque estava livre.

Agora estudaria, concluiria o Ensino Médio e iria para a faculdade. Iria se tornar uma professora e ensinaria criancinhas órfãs a ler, escrever, fazer contas... viver. Conheceria alguém e se casaria. Contaria sua história a seus filhos e, quem sabe, a seus netos. Porque estava livre.

O nome dela era Sofia Zürichen. E tinha uma nova missão a cumprir. A de aproveitar sua nova chance de viver. Uma chance que jamais teria valorizado se não houvesse se convertido em agente. *Obrigada, Klaus Werner. Obrigada, Europol. E, acima de tudo, obrigada... Érica.*

⌘ ◆ ⌘

Jamil e Mohammed caminharam juntos e pararam nos portões da universidade. Tinham decidido voltar a estudar, mas somente Mohammed retomou o curso de Biblioteconomia. Jamil mudou para História.

Desde a morte de Mahara/Érica, Jamil mudara. Não desejava mais a guerra, expulsara o espião da ODTI (que foi condenado à prisão perpétua nos EUA) e voltara a ser como antes. Preocupado com seu próprio comportamento, procurou um psiquiatra, que o diagnosticou como portador do transtorno de Borderline. Agora tomava remédios para aliviar os sintomas.

– Alguma notícia de Iasmim? – perguntou a Mohammed.

– Parece que vai se casar com aquele músico de quem tanto fala.

Fazia cinco meses que Iasmim tinha arrumado as malas e ido a Londres. Eles não ficaram surpresos; sabiam que ela vinha juntando dinheiro para partir e morar em algum local onde não fazia tanto calor e onde ninguém a recriminaria por causa do que vestia.

– Vai poder usar o biquíni que aquele médico xiita tanto indicou? – brincou Jamil quando ela anunciou sua mudança.

Nos últimos três meses, vivia falando de um baterista de uma banda muçulmana. Estava apaixonada e, nas poucas vezes que eles falaram com o baterista, este parecia também gostar dela. Nada mais natural que se casassem.

Chegaram ao portão. Mohammed foi para a esquerda.

– Boa aula, Jamil!

– Boa aula para você também!

Rumou para o prédio do curso de História. Era bom que as coisas tivessem voltado à normalidade. Só podia agradecer a Alá... e a Mahara.

⌘ ♦ ⌘

Jude parou em frente ao prédio onde Meredith morava e pediu ao porteiro que a avisasse de sua chegada. Os dois tinham sido aceitos na New York University e, agora, estavam indo para lá. As aulas começariam prontamente.

Avistou o andar onde a amiga morava. Havia uma placa de *Vende-se* no antigo apartamento de Rachel/Érica. Meredith e a mãe tinham-se oferecido para cuidar dos bens da garota, com o auxílio da família. Como constava num testamento escrito às pressas, seus bens (de todas as suas identidades) foram doados para orfanatos e instituições de caridade voltadas para crianças e adolescentes.

Meredith desceu com sua mãe. Cada uma carregava uma mala. Jude respirou fundo. Ainda bem que ninguém iria viajar no banco traseiro. Colocaria a segunda mala ali.

As despedidas tinham sido feitas; Meredith se limitou a beijar a mãe e abraçá-la antes de entrar no carro. Lembrou-se das despedidas em sua casa. Jeremy e sua mãe (que agora se chamava Linda Hill) choraram e tiraram fotos dos agora irmãos.

Natalie e Ashley iriam para Yale. Os quatro combinaram de se visitarem sempre que possível. New York não era muito longe de New Haven.

– Pronta? – perguntou.

– *Nasci* pronta, meu bem. Vamos logo, que a viagem é longa!

Ele acenou para a Sra. Moore e deu partida no carro. *NYU, aí vamos nós!*

⌘ ♦ ⌘

Magali estava trabalhando em sua monografia quando ouviu alguém bater à porta de seu quarto.

– Posso entrar? – Júlio César indagou.

– Claro que pode!

Ele entrou com um buquê de rosas. Ela o abraçou. Ele a beijou no topo da cabeça.

– Estou com ciúmes dessa sua monografia – disse, brincalhão. – Vive me trocando por ela.

– Não reclame – advertiu-o. – Aposto que vai ser pior do que eu quando for a *sua* vez de escrever a monografia.

Ele riu, mas concordou. Os dois sabiam que ele tendia a ser perfeccionista; iria querer uma monografia perfeita nos mínimos detalhes.

– Vamos esquecer essa história de monografias – disse. – Você deve arrumar-se, porque hoje a levarei para conhecer o Palácio do Planalto. Oficialmente, desta vez.

Ela riu. Lembrou-se de quando entrara no lugar às escondidas para encontrar o telefone de alguém que pudesse dar informações sobre Érica.

Érica. Esteve tão perto de encontrá-la... E quem o fez foi seu irmão, que a achou... morta.

– Ei – sussurrou ele, abraçando-a novamente. – Não fique assim. Ela não iria querer te ver triste, até porque fez isso para nos salvar.

Quando o FBI, a Europol, a New Scotland Yard e todos os órgãos investigativos dos dois hemisférios exploraram a fundo as denúncias da guerra, encontraram um mundo prestes a explodir. Países de ambos os lados se armavam até os dentes, os aliados dos EUA e de Israel orquestravam complôs para enfurecer os inimigos, e havia uma conspiração cujo objetivo era matar o presidente americano em solo inimigo para que os EUA pudessem declarar guerra ao país onde o crime acontecesse, causando um efeito dominó. Mas, graças à Érica, o mundo estava fora de perigo agora.

– Saia daqui – Magali ordenou, afastando-se do namorado. – Vou me arrumar.

– Ótimo. Espero você na sala.

⌘ ♦ ⌘

Thiago chegou à entrada do Instituto Peter Pan e pensou em Érica. Algumas crianças tinham perguntado pela garota nos anos anteriores, e dissera que ela tinha se mudado. E esse ano, como seria? Será que tinham reconhecido Érica como a *Heroína do Século* (apelido que ganhara dos jornais de todo o planeta)?

Lúcia deu um empurrãozinho nele, lembrando-lhe de que estavam ali para entreter crianças com câncer, não para recordar os momentos que tivera com a amiga falecida.

Logo em seguida, ele entrou. Aquelas crianças tinham o poder de fazê-lo sorrir. E sorriu. Por elas. Por Érica. Era o mínimo que lhe cabia por ela haver salvado o mundo. Pelo menos Daniel estava naquele lugar agora. Colado a Lúcia, sim, mas ali.

Foram recebidos com abraços apertados. Riram e se sentaram com as crianças no chão, formando um círculo.

– Hoje a música é em inglês, crianças – Thiago anunciou.

– Estou no curso de inglês – disse uma garotinha de sete anos. – Já aprendi *um monte* de palavras.

Lúcia riu.

– Será que você vai entender a música toda? Vamos ver. – Virou-se para Daniel. – Vai, Daniel, ponha esse violão para tocar.

Ele tocou os primeiros acordes de *We Are The World*. Todos cantaram, inclusive as voluntárias que estavam na sala. *Essa é para você*, Érica. Thiago olhou para cima. Para o céu, onde Érica estava.

⌘ ♦ ⌘

Os filhos e os netos contemplavam o caixão lacrado, onde estava o corpo de Evelyn. A senhora de 88 anos morrera dormindo em sua casa, comprada na criação de Israel, quando era uma moça de vinte anos com a memória do Holocausto fresca em sua mente.

Cinco anos depois de se estabelecer em Jerusalém, Evelyn enfrentou preconceitos e se casou com um cristão copta palestino. Juntos, tiveram quatro filhos, que educaram para respeitarem todas as pessoas, independentemente de crença, etnia ou quaisquer outros aspectos. Precisou se refugiar no porão outras vezes, mas não estava mais sozinha.

Quando a ODTI foi fundada, Evelyn já tinha 63 anos e estava cansada de tanto ódio. Saiu da Ordem tão logo descobriu suas reais intenções e proibiu seus filhos de entrarem nela, não importava o quão tentador fosse. Temerosa de que sua família fosse perseguida por não ser totalmente judia, mudou-se para a Alemanha. Lá, mostrou ao marido e aos filhos (que já carregavam os netos a tiracolo) a história do sofrimento de seu povo quando era adolescente.

– Olhem agora para essa nova Alemanha – dizia. – Mudou muito, não mudou? Ninguém precisou da Ordem para conseguir paz.

Voltou a Israel no começo de 2016, após a dissolução da ODTI. A jovem brasileira Érica Santana era homenageada em diversos pontos do país, considerada símbolo da esperança de uma paz para os judeus.

– Quem diria! – exclamavam. – Uma *católica* de descendência árabe foi quem trouxe a paz para nós.

Mais uma prova de que Evelyn estava certa.

Isaac, o neto mais velho, abraçou a mãe, a primogênita da falecida.

– Mamãe, você acha que o sonho da vovó vai virar realidade?

A mãe abaixou a cabeça e sorriu ao olhar para o menino.

– Está virando, querido.

⌘ ◆ ⌘

Arnold foi à parede de vidro que chamava de janela. Tirou os óculos para ver qual era a sujeira. Um cílio. Assoprou-o para fora da lente e recolocou os óculos.

— A vista desta sala é melhor do que a da antiga — comentou de si para si. Admirou a paisagem e se sentou. Tinha trabalho para fazer antes de encerrar o expediente. *Pelo menos, não é nada relacionado a guerras.*

À exceção de Jared Gray, que tinha entrado na elite da ODTI poucos meses antes da morte de Érica, todos os líderes da ODTI e da Humphrey Ltda. foram condenados à morte. Outros funcionários iam passar o resto da vida na prisão, inclusive Gray. Tanto a Ordem quanto a empresa foram fechadas. Os chefes de estado que espontaneamente apoiaram os EUA perderam o cargo e foram presos.

A Europol também sofreu consequências. Klaus e outros funcionários foram acusados de trabalho infantil e semiescravidão, entre outros crimes. Arnold escapou porque Érica não disse nada que pudesse servir de prova contra ele. Derek e os outros agentes que recrutara ao longo dos anos igualmente não o mencionaram em seus depoimentos. O processo estava em andamento, sem previsão de término.

Ao salvar a Terra da Terceira Guerra Mundial, Érica ensinou ao mundo uma lição singular: numa guerra não existem vencedores. Todos perdem: vidas, sonhos e futuros. Por cada pessoa, soldado ou civil, que morre numa guerra, a humanidade perde um pouco de sua essência, e os países, parte de seu maior patrimônio. Ela ensinou que o melhor caminho é a paz.

Arnold sabia que essa lição seria logo esquecida. Fora ensinada ao longo da História e jamais aprendida. Tudo o que podia esperar era que demorassem a esquecê-la dessa vez e que sua maior preocupação continuasse a ser a sujeira das lentes de seus óculos.

Saiba mais, dê sua opinião:

Conheça - www.talentosdaliteratura.com.br
Leia - www.novoseculo.com.br/blog

Curta - /TalentosLiteraturaBrasileira

Siga - @talentoslitbr

Assista - /EditoraNovoSeculo

novo século®